J.D. Y LA GRAN FILA DE BARBEROS

escrito por
J. DILLARD

ilustrado por
AKEEM S. ROBERTS

traducido por
OMAYRA ORTIZ

Kokila

KOKILA

An imprint of Penguin Random House LLC, New York

First published in the United States of America by Kokila,
an imprint of Penguin Random House LLC, 2021
First Spanish-language edition, 2022
Original English title: *J.D. and the Great Barber Battle*

Text copyright © 2021 by J. Dillard
Illustrations copyright © 2021 by Akeem S. Roberts
Translation copyright © 2022 by Penguin Random House LLC

Visit us online at penguinrandomhouse.com.

Library of Congress Control Number: 2022023866

Printed in the United States of America

ISBN 9780593617441
1st Printing
LSCH

Design by Jasmin Rubero | Text set in Neutraface Slab Text family

A mi mamá, por ser una madre tan paciente; a mi familia, por amarme por lo que soy; y a mis hermanos, por los recuerdos que hemos creado a lo largo de los años. A mi querida amiga Anje, este libro no sería posible sin tu dedicación y confianza en mí; por eso, te doy las gracias.

—J. Dillard

CONTENIDO

CAPÍTULO 1
Un *fade* torcido

—Quédate quieto y mira directamente al espejo— me dijo Mamá mientras encendía la máquina recortadora.

El zumbido me puso un poco nervioso. Me acomodé en mi banquillo, en el baño que compartía con toda mi familia de seis personas (tres adultos y tres niños). Era domingo por la noche, antes del inicio del tercer grado y estaba en medio de una tradición familiar. En la familia Jones, a ninguno de los niños les cortaban el pelo antes de cumplir nueve años. Hasta ahora, mi mamá siempre me había hecho trenzas cosidas y a mí me gustaba así, pero estaba emocionado por mi primer corte de pelo real.

Había estado mirando los cortes de pelo de mis amigos durante todo el verano para tener ideas.

Mi amigo Xavier, que vivía al otro lado de la calle,

hizo que su padre superchévere le cortara el pelo con el más increíble *hi-top fade*. Pero el señor Boom era un exmarine muy estricto. Había dejado claro que SU tiempo y SU dinero eran solo para SUS hijos. Aun cuando nos llevaba a comprar helado, se aseguraba de que los papás de todos les dieran a sus hijos suficiente dinero para pagar por sus cosas. De ninguna manera yo le pediría algo jamás.

«¡Regresa con cinco dólares!», me lo imaginaba diciendo si le pedía un corte de pelo.

Y querría responderle gritando:

«¡Sus precios son muy altos!».

Pero no con el señor Boom. A él simplemente le contestaría «¡Sí, señor!» a todo.

Mi mejor amigo, Jordan, que vivía al lado, también tenía un corte de pelo chévere, gracias a su hermano mayor, Naija.

Naija ya se había graduado de la universidad. Llegaba a la casa después del trabajo, se cambiaba la ropa, que era de lo más cool y, a veces, cortaba su pelo y el de Jordan. Tenía destrezas y podía rapar diseños como de barajas en su nuca. Yo lo miraba y estudiaba su técnica durante horas. Pero esto ya casi no pasaba. Naija era un hombre adulto con un trabajo de tiempo completo, un auto nuevo y una novia. Ya no tenía tiempo para cortar pelo todo el día.

Sin embargo, tampoco quería solo copiar los cortes de pelo de mis amigos. Tenía tanto pelo que quizás podría tener un afro corto con *edge up* como Steph Curry. O tal vez hasta algo más atrevido como el quarterback de los Chiefs de Kansas City, Patrick Mahomes.

Jordan tenía un iPhone y, a veces, yo miraba los hashtags de barberos en su cuenta de Instagram. Me encantaba el señor que rapaba diseños en la cabeza de la gente y luego coloreaba el contorno con un lápiz.

Yo era un buen artista. Siempre tenía en mi mochila un set de lápices de colores y papel para dibujar cada vez que pudiera. Después de ver aquellos posts en Instagram, empecé a dibujarme con todo tipo de personajes de Marvel rapados en mi nuca.

En el fondo, sabía que no conseguiría que me

raparan El sorprendente Hombre Araña ni cualquiera de aquellos otros estilos que de verdad me gustaban, especialmente porque solo había una barbería en la ciudad, Hart and Son. Ellos ofrecían tres tipos de cortes de pelo para niños: el rapado a cero, el corte César y el *fade*. A veces iba con mis amigos los sábados, y que te hicieran un corte de pelo allí tomaba más tiempo que uno de los sermones del pastor los domingos. Tu día se hacía trizas. Pensé que mi madre podría hacerme algo simple y, además, sabía que no teníamos dinero extra para gastar.

—Quiero un *fade* básico —le dije a mi mamá.

Le pedí su teléfono y le mostré una foto de Michael B. Jordan, el villano de la película *Pantera Negra*.

—Bien, cariño —contestó—. No puedo creer que vas para el tercer grado.

Disfrutaba mucho el tiempo que mi mamá dedicaba todas las semanas para arreglarme el pelo. Mi hermano menor, mi hermana mayor y mis abuelos vivían con nosotros. Era difícil pasar tiempo a solas con Mamá. Especialmente porque ella SIEMPRE

parecía estar en la escuela, ¡incluso más que yo!

Al principio nos dijo que regresaría a la universidad para convertirse en enfermera. Pero después
de trabajar seis meses en el hospital, renunció.

—Detesto el hospital —nos dijo Mamá una noche después de un largo turno—. No tratan a todos de la misma manera.

No sé exactamente qué pasó, pero solía escucharla hablar con mi abuelo sobre la gente a la que no atendían porque no tenían seguro médico o ¡pacientes a los que les daban pastillas que no necesitaban!

Así que una noche, mientras estaba sentada en la mesa con lágrimas en los ojos, el abuelo le dijo que si le desagradaba tanto el trabajo, simplemente tenía que dejarlo.

—Hay muchísimos otros trabajos en el mundo —le dijo.

Sabía que esto era difícil para ella. Mamá amaba la medicina y su sueño era convertirse en enfermera y ayudar a los enfermos. Me sentí muy orgulloso de ella cuando escuché lo bien que lo hacía, y sobre lo limpias y organizadas que mantenía todas las habitaciones de los pacientes. Esto hizo que yo también mantuviera mi cuarto más limpio.

Así que Mamá regresó a la escuela para obtener

algo que llamaban una maestría en Administración de Empresas, y sus libros gruesos que antes decían ANATOMÍA ahora tenían títulos como ESTADÍSTICAS 101 y GERENCIA. Ella nos dijo que había visto un puesto vacante en la oficina del alcalde, pero necesitaba esa cosa llamada maestría para solicitar el trabajo.

Mamá es súper inteligente. No siempre sacaba un 100 en sus pruebas, y no esperaba que nosotros lo hiciéramos, pero nos decía que lo importante era que siempre tratáramos lo mejor que pudiéramos.

Después de que mi abuelo sufrió un ataque al corazón hace un par de años, todos nos mudamos con él y con mi abuela.

«Será solo por dos meses, hasta que Abuelo se sienta mejor. Luego nos mudaremos otra vez con Papá», nos dijo mi mamá.

Bueno, dos meses se convirtieron en dos años.

Papá enviaba dinero, a veces, y Mamá nunca hablaba mal de él, pero realmente nunca supe por qué se separaron. Ellos se conocieron cuando ambos eran estrellas de atletismo en Mississippi

Valley State, y todavía hoy día Mamá tiene lo que ella llama sus «piernas de corredora». A veces ella hacía carreras contra mí y mi hermana alrededor de la pista grande en el high school local, y nos recordaba por qué su apodo de niña era «Chita».

Así que éramos mi mamá; mi hermana mayor, Vanessa; mi hermano menor, Justin; y mis abuelos, el señor y la señora Slayton Evans, todos en una casa vieja construida en la década de los treinta. Como casi todas las casas en Meridian, Mississippi, esta tenía un porche cerrado para que pudieras sentarte afuera cuando hacía calor, que era la mayoría de los días, y todas las habitaciones estaban en una sola planta. Por suerte, aun así yo tenía mi propia habitación porque Vanessa dormía con Mamá y a Justin le encantaba dormir con mis abuelos.

—Cariño, ¿me oíste? —preguntó Mamá. Miré la hora en su teléfono. Habían pasado cerca de veinte minutos y ya había terminado de cortarme el pelo.

—Bueno, ¿qué te parece? —me dijo—. No puedo creer lo grande que te ves.

Me miré en el espejo.

Lo que vi no era bueno.

Mi mamá me había cortado el pelo, sin duda, pero el nacimiento de mi pelo parecía una colina o una cordillera. Definitivamente no era recto como lo había visto en las fotos ni en mis amigos.

—No puedo ir a la escuela mañana luciendo... ¡así! —le dije a mi mamá.

—No hay nada malo con tu pelo —me dijo—. No vas a faltar a la escuela el primer día de clases. Ahora, por favor, prepárate para irte a la cama.

Suspiré y mis hombros cayeron tres pulgadas mientras alcanzaba mi cepillo de dientes y me preparaba para lavarme los dientes.

Aquella noche no pude dormir.

¿Podría fingir que estaba enfermo?

Mi pelo se veía terrible.

No quería que nadie en la escuela me viera así.

¿De cuántas maneras podría la clase de tercer grado de mi escuela primaria, la Douglass Elementary, burlarse de un mal corte de pelo?

Bueno, estaba a punto de averiguarlo.

CAPÍTULO 2
Nervios en el desayuno

Al otro día por la mañana toda mi familia se sentó a comer harina de maíz, huevos, tocino y pan tostado con mantequilla y mermelada. El abuelo ahora tenía que cuidar su dieta, pero no podía dejar pasar uno o dos buenos pedazos de tocino.

Mi familia siempre estaba ocupada, pero a Abuela le encantaba prepararnos desayuno a todos antes que saliéramos de la casa. «Energía para el día» ella nos decía mientras tomaba una taza de café tras otra con mi abuelo, sin hablar mucho.

En mi familia no éramos muy habladores, excepto mi hermana, Vanessa. Estoy casi seguro de que era amiga de todas las niñas en Meridian que tenían entre diez y trece años. La única que tenía un teléfono celular en la familia era mi mamá, así que Vanessa se pasaba el mayor tiempo posible hablando en el

teléfono fijo de mis abuelos, y arrastraba el cordón por toda la casa mientras hablaba.

Me senté a la mesa más callado de lo normal, llevaba una gorra de béisbol de los Bulldogs de Mississippi.

—¡James, quítate la gorra mientras comes! —dijo mi abuelo.

Abuelo, un hombre alto y delgado con espejuelos, se había recuperado bien de su ataque al corazón. De hecho, aunque ya se había jubilado como gerente de la tienda JCPenney local, el susto que pasó con su salud lo inspiró a entrar en el negocio de seguros de entierros.

—¿Todos vamos a morir, cierto? —dijo. Abuelo hablaba de esto como cualquier otro hecho normal.

Cada persona en nuestra familia tenía una póliza de seguro de entierro. Incluso nosotros los niños.

Con el abuelo no había excusas. Ni siquiera podíamos decir «¿eh?» o «¿qué?» cuando estaba cerca. Todo era «sí, señora», «sí, señor», «no, señora» y «no, señor».

Y sus castigos eran terribles; por ejemplo, no

jugar afuera por una semana u obligarnos a leerle en voz alta libros aburridos y hacer reseñas.

Así que la primera vez que me lo pidió, me quité la gorra.

Nadie dijo nada. Solo se miraron nerviosamente unos a otros hasta que finalmente Vanessa habló.

—¿Qué pasó con las trenzas de J.D.? —preguntó.

—Le corté el pelo. Se ve bien —dijo mi mamá—. Ahora terminemos de comer. Todo el mundo tiene un día largo.

La mañana estaba pasando muy rápido, y pronto tendría que salir a tomar el autobús. Tenía que pensar en algo rápido.

—Quiero que me lleves a la escuela hoy —dije.

—¿Por qué? —preguntó Mamá—. Siempre tomas el autobús con Jordan.

Abuelo intervino antes de que pudiera contestar.

—¡James, para ya el acto testarudo que tienes esta mañana! —dijo mi abuelo.

Lo que quería decir era que ya tenía nuestros viajes calculados. Él llevaba a mi mamá a la escuela, a mi abuela y a Justin a su estudio de cerámica, y en el camino dejaba a Vanessa. Vanessa ya estaba en middle school aunque solo estaba en quinto grado. En Meridian, los grados del quinto al octavo estaban en un edificio separado. Su escuela estaba cerca de la universidad de Mamá.

—¡Dios mío! ¡James, deja ya de estar peleando tan temprano en la mañana! —añadió Abuela.

«Dios mío» era su frase favorita. Abuela, una mujer de piel oscura que mantenía corto su pelo canoso, AMABA a la iglesia y ella era la razón por la que siempre teníamos que ir. Y no solo los domingos por la mañana. Había estudio bíblico de noche entre semana, escuela bíblica dominical y coro. El abuelo a veces tocaba el piano en la iglesia y hasta ensayaba en el piano Baldwin que teníamos en la sala. Mamá y Vanessa eran excelentes cantantes. Por lo general, yo hacía playback. El talento musical fue algo que no me tocó, pero sí era bueno en el arte, como la abuela.

Igual que con el abuelo, con Abuela tampoco había excusas, así que no insistí.

En un día normal, me encantaba tomar el autobús con Jordan. Era mi mejor amigo, pero también podía hacer que la pasara mal.

Sin duda, Jordan tendría algo que decir sobre el nacimiento de mi pelo, y yo necesitaría una piel EXTRAresistente para sobrevivir el viaje a la escuela.

CAPÍTULO 3
El primer día más horrible

Salí a escondidas de la casa y caminé hasta la parada de autobús con mi gorra de béisbol puesta para tapar el desastroso nacimiento de mi pelo.

Me paré tranquilamente junto a Jordan y no pasó mucho tiempo antes que dijera algo.

—Nunca te habías puesto una gorra para ir a la escuela, J.D. —dijo mientras tiraba mi gorra al suelo, la cual levantó una nube de polvo rojo de Mississippi al caer en el piso.

—¡Anda! —dijo tan pronto vio mi cabeza—. ¿Qué le pasó a tu pelo? El nacimiento del pelo se parece al de LeBron James.

—Lo hizo mi mamá —le dije—. Pero no hay problema. Voy a buscar que me lo arreglen.

—¿Quién lo va a hacer? Sé que no tienes dinero para ir a la barbería. ¡Ni siquiera tienes dinero para pagarle a Naija por un corte de pelo! —contestó Jordan, restregándomelo.

El viaje a la escuela empeoró cuando Jordan me quitó la gorra, la tiró alrededor del autobús y aún más niños vieron el nacimiento de mi pelo.

Saqué mi cuaderno y comencé a dibujar personajes de cómics y caricaturas. Normalmente dibujaba una y otra vez todo el universo de Marvel, pero las burlas de hoy requerían algo más complicado, como Lego Batman.

Mi arte había ganado premios. Una vez quedé en tercer lugar en una competencia por el boceto

de un róbalo. Todavía estaba colgado en una pared del centro comercial de Meridian.

—¡El pelo de J.D. se ve peor que el de Kevin Durant! —dijo Xavier mientras cerraba de sopetón mi cuaderno.

—Sí, J.D., te veías mejor con tus trenzas.

Ese comentario lo hizo una chica llamada Jessyka. Jessyka siempre se sentaba con mis amigos y conmigo en el almuerzo porque estaba en el equipo infantil de fútbol americano con nosotros. Se peinaba con trenzas twist de cola de caballo, y cada semana se pintaba las uñas con colores y diseños distintos y de moda. A veces, mientras comíamos, mirábamos videos de YouTube en su teléfono. Yo siempre quería ver canales de barbería.

Jessyka también era amiga de Vanessa por el equipo de atletismo infantil. Y ella no solo estaba EN el equipo, ella era la ESTRELLA. Jessyka era el ancla de los equipos del relevo 4 x 100 de los niños y las niñas, y esto quería decir que era más rápida que TODOS. Era tan buena que corría con niños y niñas de diez y once años. A veces venía a mi casa y le pintaba las uñas a Vanessa.

—Mi mamá quiere que me parezca a Flo-Jo cuando compito en mis carreras —me dijo—. ¡Flo-Jo es mi heroína! Miro sus carreras pasadas en YouTube. Pronto voy a empezar a subir videos de mis carreras. Y tal vez videos pintándole las uñas a otras niñas.

No estaba totalmente seguro de quién era «Flo-Jo», pero cuando le pregunté a mi mamá, ella me explicó que Flo-Jo era una increíble estrella del atletismo y que también era su heroína.

Hasta el apellido de Jessyka, *Fleet*, la hacía lucir como una atleta nata.

Me sentí muy avergonzado cuando la escuché decir algo malo sobre mi pelo.

Pero sinceramente, estaba acostumbrado a que se burlaran de mí.

Mi ropa y mis zapatos eran de segunda mano, recibidos de mi tía y mi tío en Carolina del Norte. Ellos tenían hijos un poco mayores que yo, y enviaban por correo una caja de ropa usada de mis primos cada vez que el clima cambiaba, así que yo siempre estaba fuera de moda.

Antes, de lo único que nadie se burlaba ¡era de mi pelo!

Por fin llegamos a Douglass después del viaje en autobús más largo de la historia. Nada había cambiado desde el año anterior. Todo en la escuela Douglass era viejo. Nuestros polvorientos libros de texto casi se deshacían y las escaleras crujían cuando las pisabas. En una ocasión, ¡un niño por poco se cae a través de ellas!

Teníamos que cambiar de salón de clases después de cada asignatura, y aunque traté de quedarme con la gorra puesta, todos los maestros me decían que tenía que quitármela cuando me sentaba en mi escritorio. Así que, durante toda la mañana, diferentes grupos de niños de todas las edades podían burlarse.

—¡Tu pelo es un desastre!

—¡La MAMÁ de J.D. le cortó el pelo...!

Jordan siempre conseguía que los otros chicos se callaran si se pasaban mucho de la raya. Pero Jordan y yo nunca estábamos en el mismo salón porque yo estaba en las clases de honor. Él también podría estar en estas clases, pero creo que llenaba los círculos equivocadas en las pruebas de elección múltiple a propósito.

Sabía que me encontraría otra vez con Jordan en el almuerzo y tal vez las cocineras me dejarían comer con mi gorra puesta.

No tuve tanta suerte.

Como Mamá todavía era estudiante, yo cualificaba para el almuerzo gratuito. La escuela no ofrecía la comida más emocionante del mundo, pero como era el primer día había pizza y *tater tots*.

—¡J.D.! ¡Me alegra verte de nuevo en la escuela! —dijo la señora Carol. Ella era una cocinera con el pelo canoso muy corto. Sonrió y tomó un puñado de *tater tots* para mí. —Ahora quítate esa gorra. Sabes que no se permite.

¡Increíble!

Mientras me dirigía a la mesa para sentarme al lado de Jordan, parecía como si el mundo entero se moviera en cámara lenta y todos estuvieran mirando mi pelo.

Lo primero que noté cuando me senté entre Jordan y Xavier fueron todas las loncheras nuevas con personajes de Marvel. Las pocas veces al año que mi mamá me empacaba almuerzo era siempre en una bolsa de papel marrón.

«La comida adentro es la misma, ¿no?» respondía mi abuela cada vez que trataba de quejarme.

Sentado en silencio entre Jordan y Xavier, puse un pedazo de pizza en mi boca. No estaba de humor para hablar con nadie.

Jessyka se sentó frente a nosotros.

—Gané otra vez mi carrera este fin de semana, J.D. —dijo Jessyka—. ¡Voy a ser la mejor receptora que nuestro equipo jamás haya visto!

—Apuesto a que tienes razón —respondí—. Todavía me estoy acostumbrando a cambiar de ofensiva a defensiva.

—Ehhh. Probablemente lo mejor para ti sea que no te golpeen todo el tiempo —me dijo.

Un momento, ¿qué se supone que quiso decir con eso?

Jessyka sacó el ejemplar más reciente del

Hombre Araña. El año pasado ella se disfrazó de Gwen Stacy para Halloween.

Ella comenzó a leer el cómic, luego se detuvo y me miró.

—Sabes, J.D., la próxima vez deberías dejar que el papá de Xavier corte tu pelo —dijo—. Me gusta como se ve su pelo.

Jordan y Xavier no paraban de reírse.

Si todos los días del tercer grado iban a ser como este, sabía que no podría soportarlo.

Necesitaba un plan, y tal vez la caja de productos para el pelo de mi mamá podría ayudarme.

CAPÍTULO 4
La casa mágica de Jordan

Como todos los días después de la escuela, me fui directamente del autobús a la casa de Jordan.

Era increíble porque todo lo que yo no tenía, ¡Jordan sí lo tenía!

Esta es la lista de todo lo que me encantaba de la casa de Jordan:

Sus múltiples consolas de videojuegos.

La comida chatarra.

El televisor por cable y el aire central.

No había un horario límite para ir a dormir.

La paz y la tranquilidad.

Lo mejor era que Jordan venía de una familia de Navipascueños —solo iban a la iglesia en la Navidad y en la Pascua— así que tenía mucho tiempo libre. Lo único que mi familia permitía era la escuela, los deportes y la iglesia.

En casa de Jordan siempre preparaban la cena a la misma hora y su mamá, la señora Mathews, que era dueña de un negocio de limpieza, acababa de decirme: —J.D., ¡sírvete un plato! —y dejó que lo llenara de macarrones con queso y pan de maíz hecho en casa. El papá de Jordan, que estaba jubilado, pasaba la mayor parte del tiempo en la casa y también comía con nosotros.

Jordan acababa de recibir la nueva versión de Madden NFL. Como ambos jugábamos fútbol americano infantil, nos encantaba jugar uno contra el otro, inventar nuestras propias jugadas y pretender que entrenábamos nuestros propios equipos.

—Te gané otra vez —dije mientras mi quarterback anotaba un touchdown.

—Quizás podamos empezar a jugar por dinero y puedo ahorrar suficiente para cortarme el pelo en Hart and Son —bromeé.

Miré la portada de Madden NFL 20. Patrick Mahomes estaba en la portada. Cogí la caja y golpeé mi frente con ella.

—¡Si tan solo pudiera lograr que mi pelo se pareciera al de él! —grité.

—Bueno, eso no pasará en Hart and Son —dijo Jordan—. Sabes que solo cortan el estilo César, rapados y *fades*. Ni siquiera saben quién es Patrick Mahomes. Además tienes que sentarte allí todo el día.

Jordan tenía razón.

No había mucho que hacer en Meridian, así que a veces acompañaba a algún amigo a la barbería.

Hart and Son eran exactamente eso: un padre e hijo, Henry Sr. y Henry Jr.

Henry Sr. era un viejo alto y flaco, quizás más viejo que la Tierra. Imagínate una hoja de hierba larga con enormes anteojos cuadrados, un afro corto y arreglado y pantalones cargo ajustados con un cinturón. Ese era Henry Sr.

Rara vez se quedaba en la barbería por mucho tiempo, solo por unas horas en la mañana para cortar el pelo de sus clientes adultos.

Henry Jr. estaba a cargo de mantener el negocio funcionando, y era mucho más bajito y gordito que su papá. Pero, como no había competencia en la ciudad, podía hacer las cosas como quisiera, sin preguntas.

No había hoja de registro ni se podía hacer cita por adelantado. Henry Jr. simplemente hacía un conteo y partía de ahí; atendía por orden de llegada.

Un corte de pelo para niños costaba siete dólares y cincuenta centavos. No había fotos en la pared para elegir, y Henry Sr. definitivamente no conocía a ninguna persona famosa menor de cincuenta años.

—Quiero verme como Odell Beckham Jr. —le dijo un niño un día.

—¿Junior? ¿Quién rayos es Odell Beckham Jr.? —preguntó Henry Sr.

Era un caso perdido. Simplemente tenías que quedarte sentado, sentado, sentado y sentado por horas hasta que llegara tu turno.

Cuando tienes que quedarte sentado por tanto tiempo, te fijas en cómo los Harts manejan la barbería; desde lo limpio que Henry Jr. mantiene todo hasta cuánto tiempo le toma terminar cada corte de pelo. Una vez estaba allí y vi a unos vendedores entrar con nuevos aparatos para cortar pelo y productos de estilo.

La gente se sentía tan a gusto alrededor de los Harts que, a menudo, dejaban a sus hijos en la barbería y se iban a hacer mandados.

Yo no conocía bien a la familia Hart, pero de vez en cuando los veía durante los momentos fraternales en la iglesia. Henry Sr. y Jr. siempre recibían premios por cosas como cortarles el pelo gratuitamente a los necesitados y por trabajar en los comedores comunitarios. De hecho, Henry Sr. recibió algo llamado el premio «pionero» porque había cortado pelo en el mismo lugar por cincuenta y ocho años!

—Bueno —dijo Jordan.

—¿Bueno qué?

—¿No estabas escuchando? —preguntó. Supongo que no lo había estado escuchando—. ¿Por qué simplemente no coges la máquina recortadora de tu mamá y te afeitas toda la cabeza? ¡Es mejor que lo que tienes ahora!

Pensé en lo que Jordan me dijo mientras terminábamos nuestro último juego de Madden. Estaba tan desesperado que su idea no sonaba nada mal.

Bueno, no tanto la parte de estar calvo.

Pero ¡eh!, Michael Jordan y The Rock también eran calvos.

CAPÍTULO 5
Otro peinado terrible

Para el domingo siguiente después de la iglesia, sabía que tenía que hacer algo. A Jordan y al resto de los niños en la escuela nunca se les acabarían las bromas.

La idea de volver el lunes y sufrir otra semana de insultos hacía que no quisiera salir de la cama.

Había visto a mi mamá hacerse un alisado de caja una vez al mes. Era una crema blanca que le dejaba el pelo liso, y ella lo mantenía corto como una actriz que se llamaba Halle Berry.

Cuando le pregunté a Mamá por qué nunca cambiaba su peinado, dijo: —Este peinado era muy popular en mis tiempos y me gustaba el pelo corto cuando era atleta, además todo el mundo decía que tenía la forma de cara perfecta para él. Creo que en aquel entonces simplemente pensaba que era más fácil. Pero uno de estos días voy a dejar de alisármelo. Ahora mismo no tengo el tiempo.

Mamá no era la mejor peluquera. Le lavaba el pelo a Vanessa todos los fines de semana y se lo peinaba en una sola trenza que le llegaba al cuello, pero Vanessa siempre se la soltaba y se la rehacía. Pasaba horas torciendo su pelo y, en la mañana, se soltaba los rizos y se ataba una cinta alrededor de su cabeza.

A veces Vanessa se paraba frente al espejo y se cortaba el pelo con unas tijeras. Su pelo siempre se veía mejor cuando terminaba de retocárselo.

Pensé en lo que Mamá me había dicho sobre que fuera «más fácil» arreglarse el pelo.

El pelo de mi amigo Xavier era bastante liso; tal vez sería más fácil hacerme un corte de pelo chévere si lo alisara.

Sabía que mi mamá mantenía su alisador cerca de la máquina recortadora debajo del lavamanos en el baño.

Así que cuando todo el mundo se fue a dormir, entré de puntillas al baño y leí la caja.

Después de las instrucciones estaban estas palabras:

ADVERTENCIA: Contiene álcali. PRECAUCIÓN: ESTE PRODUCTO CAUSARÁ UNA REACCIÓN IRRITANTE SI ENTRA EN CONTACTO CON LA PIEL.

Y había otro millón de palabras largas; algunas no las conocía, pero la advertencia también decía que el producto podía causar ceguera si tenía contacto con mis ojos y que debía ponerme guantes al manejarlo.

Bueno, no tenía planeado ponérmelo en los ojos, y mi mamá lo usaba en su pelo.

¿Qué tan malo podría ser realmente?

Seguí las instrucciones y mantuve la crema blanca en mi cabeza por quince minutos, y luego la enjuagué antes de irme a la cama. Aquella noche pensé en la etiqueta de advertencia y en todo lo que podía salir mal.

Los resultados de la mañana siguiente no fueron,

eh, exactamente lo que esperaba. Mi pelo estaba algo liso, pero no completamente, y tenía una pequeña quemadura en la parte de atrás de mi cuello. Me cepillé el pelo y lo fijé con gel. Me puse mi gorra de los Bulldogs antes de bajar a desayunar.

Abuelo ni siquiera tuvo algo que decir esta vez. Solo con su mirada me dijo que no estaba complacido.

Me quité la gorra y Vanessa jadeó en voz alta.

—¿Te hiciste un alisado permanente con el kit de de Mamá? —preguntó.

—Fue un error —le dije—. No lo usaré otra vez.

—Muy bien. No lo hagas. Eso se ve peor que lo que hizo Mamá —dijo Vanessa—. Es una pena que el pelo tome un MES en crecer otra vez.

¿UN MES?

¡¿Qué había hecho?!

Toda la siguiente semana de clases fue peor que la primera.

Durante el almuerzo, para distraerme, sacaba mi cuaderno de dibujos. Ni siquiera comía. Simplemente no miraba a mis amigos y bajaba la cabeza mientras terminaba mi obra maestra más reciente: Thanos convirtiendo en polvo a todos los niños que se habían burlado de mi pelo.

—¿Sabes? Este fin de semana mis papás me mostraron un video llamado *Thriller* —me dijo Jessyka mientras sorbía de una cajita con jugo de frutas—. Te pareces al cantante del video.

—Sí, parece como si tuvieras la cabeza frita —comentó Xavier.

Ni siquiera pude pensar en una respuesta, así que mantuve mi cabeza baja y terminé mi dibujo.

El único recuerdo feliz que tengo de las primeras dos semanas del tercer grado es ver a la señora Scott todas las mañanas en la clase de lectura. Ella tenía un segundo trabajo en el mostrador de productos de belleza de JCPenney, y todos los días se veía diferente. Cuando visitaba a mi abuelo en el centro comercial antes que se jubilara, siempre le pedía que me llevara al mostrador de la señora Scott para que me rociara con perfume. Cuando la señora Scott vio lo mal que lucía mi pelo, me dejó quedarme con mi gorra puesta durante toda la clase.

Las bromas continuaron en el estudio bíblico, en la práctica de fútbol americano y hasta en casa con Vanessa.

La gota que derramó el vaso fue cuando me obligaron a cantar en el coro el domingo con mi cabeza expuesta. Hice el ridículo mientras cantaba y me movía frente a toda la congregación con mi pelo semiliso.

Ya no aguantaba más.

Tenía que hacer algo con mi pelo.

CAPÍTULO 6
La máquina recortadora y yo

Mamá preparó nuestra comida por la mañana antes de irnos para que, después de la iglesia, comiéramos juntos antes que todos nos dispersáramos. Por ejemplo, en la tarde mi abuela solía dar lecciones privadas de cerámica.

—J.D., ¿puedes cuidar a Justin un rato? —me dijo Abuela antes de irse—. Abuelo va a estar en la sala revisando unos papeles.

—¿Por qué no puede hacerlo Vanessa? —pregunté.

—Ella va a acompañar a tu mamá a la tienda de productos de belleza, ya que usaste toda su crema para permanentes —respondió Abuela—. Regresarán en un rato.

¡Ay! Ellas sabían que tenía muchas tareas que terminar antes de regresar a la escuela el lunes. ¿Cómo lo haría si tenía que perder tiempo cuidando a Justin?

Le pedí a Justin que viniera conmigo a mi cuarto.

Mientras lo miraba jugando con sus carritos de carrera en el piso, recordé lo que Jordan me había dicho durante nuestro último juego de Madden.

Quizás simplemente debía buscar la máquina recortadora de Mamá y afeitarme la cabeza.

Pero nunca antes había cortado pelo.

Miré a Justin. Él tenía pelo de sobra.

—Justin —dije—. ¿Te gusta tu pelo largo?

Justin tiró de la punta de una de sus trenzas y se detuvo. Frunció su nariz.

—¡No! —gritó. Lo tomé como una señal.

—Vamos al baño por un rato —le dije—. Quiero enseñarte un juego nuevo. Se llama Barbería —Justin me miró y sonrió como si lo hubiera acabado de invitar a la Bolera Meridian. Mamá era una jugadora de bolos experta y era su manera favorita de liberar estrés.

Ella hasta tenía su propia bola con sus iniciales grabadas.

«Si anoto trescientos puntos una vez más, ¡voy a jugar profesional!», gritaba cada vez que hacía una chuza.

En la bolera también había atracciones y juegos para niños. A Justin le encantaba ir.

Senté a mi hermanito en el baño, puse una sábana alrededor de su cuello y le di vueltas hasta que quedó mirando al espejo.

Tomé la máquina recortadora de mi mamá y la encendí. Comenzó a zumbar.

En la caja había ocho tamaños distintos de guías; usé la misma guía que mi mamá usó conmigo, la número dos. Yo sabía que los números más grandes eran para pelo más liso. Si esta guía no servía, debía usar una con un número más bajo. Estabilicé la cabeza de Justin y corté su pelo en un *fade*.

¡Adiós a la tradición! ¡No más trenzas cosidas!

No se veía tan mal. Además Justin tenía solo tres años, ¿qué le importaba?

—¡Eh! —dijo cuando se miró el pelo en el espejo—. ¡Se parece al del Hombre Araña! —gritó mientras caminaba alrededor del baño, pretendiendo que estaban saliendo telarañas de sus manos.

No podía creer que lo había hecho.

Y Justin se veía muy feliz con el resultado.

Que Justin se sintiera feliz con algo que yo había hecho me llenó con un sentimiento agradable. Como si acabara de comerme un plato de pescado y papas fritas de los que mi mamá preparaba todos los sábados durante el verano.

Esto era prueba de que podía arreglar mi propio pelo.

—Ahora mira esto, Justin —le dije—. Me voy a cortar el mío.

Sabía que podía hacerlo. Lo mío era el arte. Una vez dibujé a la Pantera Negra, y mi abuela lo exhibió en la sala para que todos lo vieran.

El pelo era lo mismo.

Un arte.

Tomé la máquina recortadora, me miré en el espejo y pensé en cómo reaccionaría todo el mundo cuando vieran mi *fade* espectacular.

La encendí con la guía número dos, el mismo tamaño que había usado con Justin.

Corté en la dirección de mi pelo, comenzando en la coronilla de mi cabeza.

—Eres excelente —me dije—. Eres buenísimo. Estás cortando tu propio pelo.

Era el mejor.

Me miré en el espejo y vi que las cimas de mis montañas se habían convertido en llanos. ¡Por fin, SÍ me parecía a Michael B. Jordan!

Mi corazón latía con fuerza mientras esperaba en mi cuarto con Justin a que mi mamá llegara a casa.

Tan pronto escuché que se abría la puerta y Mamá y Vanessa entraron, me puse una gorra de béisbol y le puse otra a mi hermano. Temía que Mamá fuera a enojarse MUCHÍSIMO conmigo.

Justin salió corriendo de mi cuarto.

—¡Mamá! —dijo mientras la abrazaba. Mi gorra de los Bulldogs casi le cubría toda su cabecita.

—¿Dónde está J.D.? —ella respondió. Al menos eso fue lo que oí mientras me escondía en mi cuarto.

Le había cortado el pelo a Justin sin permiso. ¿Me castigarían? ¿Significaría que ya no podría quedarme a dormir en casa de Jordan? ¿Me obligaría Abuelo a leerle más libros aburridos? O peor aún, ¿me diría Mamá que no podría jugar fútbol infantil este año?

Salí lentamente de mi cuarto y me senté junto a Justin en el sofá, frente al único televisor que funcionaba.

Abuelo había terminado con sus papeles y estaba viendo repeticiones de *Jeopardy!*

—¿Qué es *The Color Purple*? —él gritó la respuesta sobre una categoría llamada «El Óscar».

—¡J.D., ahora Justin usa gorras también! —gritó—. Muchachos, ¡quítenselas!

Hice lo que me pidió. Cuando Justin no obedeció, yo le quité su gorra.

Mamá y Vanessa se unieron a nosotros y al abuelo en el sofá. Mamá quedó boquiabierta cuando vio mi corte de pelo y el de Justin.

—¡Wow! —dijo ella en shock. Nadie hizo ni un sonido por bastante tiempo. Luego, por fin, ella continuó: —Ojalá me hubieras preguntado primero si podías cortar el pelo de Justin.

Lo sabía. Ya podía empezar a juntar libros para leerle al abuelo.

Entonces, el rostro de Mamá se suavizó.

—Pero el pelo de Justin se ve muy bien, J.D. Tu pelo también se ve bien —dijo.

Miró a Justin y le frotó la mejilla.

—¿Te gusta tu pelo, cariño? —preguntó.

Justin se escondió en el costado de Mamá y se rio nerviosamente.

—Creo que es un sí —dijo Mamá—. Si eres tan bueno para cortar pelo, entonces es algo menos que tengo que hacer cada semana.

¡No podía creerlo!

—Tu pelo se ve mejor que antes —Vanessa añadió—. Quizás ahora no te castiguen por haber usado la crema de alisados permanentes de Mamá.

Mis hombros se relajaron y dirigí mi atención otra vez a *Jeopardy!*

Aquella noche, me fui a dormir esperando ansiosamente el lunes para ir a la escuela. Ahora NADIE tendría algo malo que decir sobre mi pelo.

CAPÍTULO 7
La gran revelación

Jordan parecía extra entusiasmado cuando me vio llegar otra vez con mi gorra a la parada de autobús. Yo quería que el nuevo nacimiento de mi pelo fuera una sorpresa para todo el mundo.

—¿Qué tienes ahí debajo hoy, J.D.? —preguntó—. ¿Trenzas postizas? ¿Las teñiste de amarillo como Lil Wayne?

Me quitó la gorra, como sabía que lo haría.

Pero cuando vio mi cabeza, se quedó callado.

Ah, el dulce sonido del silencio.

—Wow, tu pelo se ve muy bien hoy —Jordan dijo por fin—. ¿Quién lo hizo? ¿Tu mamá te llevó a la barbería de Henry Jr.?

—No —le dije—. Lo hice yo mismo.

Jordan sonrió.

Viajé en el autobús en paz.

Cambié de salón de clases en paz.

—Me gusta tu pelo hoy —me dijo Jessyka en el almuerzo.

Mejor aún, cuando la señora Scott me devolvió mi prueba de lectura, no solo saqué A, sino que me dijo: —¿Te cortaron el pelo recientemente, J.D.? ¡Se ve muy bien!

Estaba en el cielo.

CAPÍTULO 8
Mi primer cliente

Día tras día, mi pelo se veía increíble. Ya nadie podía burlarse de mí. Mientras más cortaba mi pelo, más me divertía con él. Había probado todo tipo de cosas nuevas: *fades*, cortes al estilo César, rapados y hasta diseños en mi cabeza. Y el nacimiento de mi pelo siempre se mantenía perfectamente recto.

Un sábado estaba en mi cuarto haciéndome un nuevo corte de pelo cuando escuché un fuerte golpe en la puerta trasera. Mi puerta llevaba al porche y tenía una pantalla que me permitía ver hacia afuera sin que otros pudieran ver hacia adentro.

Esto quería decir que podía fingir que no estaba en casa si no quería que me molestaran o dejar que alguien entrara sin que nadie supiera.

—Eh, J.D., ¡déjame entrar!

Era Jordan.

Apagué la máquina recortadora, abrí la puerta trasera y nos colamos a mi cuarto casi vacío.

«¿Qué más necesitas aparte de una cama y un espejo?», Mamá siempre respondía cuando trataba de pedirle cosas nuevas.

Ver a Jordan aquí era extraño. Él nunca quería pasar tiempo en mi casa. Siempre decía que no había nada que hacer y que era muy calurosa.

—¿Qué hay, Jordan? —pregunté.

Jordan se quitó su gorra roja y negra de los Chicago Bulls.

Su pelo era un absoluto desastre. Parecía como si alguien le hubiera puesto un tazón en la cabeza antes de hacerle un *lineup* y luego llegó un tigre y se lo tumbó con sus garras.

Mi primer instinto fue burlarme, como él lo había hecho.

PERO.

Mi mamá y mis abuelos se habían asegurado de que tuviera lo que llamaban «entrenamiento en la casa», y simplemente no pude burlarme de Jordan. En cambio, sentí una oportunidad.

—Wow, Jordan, ¿qué le pasó a tu pelo? —pregunté.

—Mi hermano está fuera de la ciudad y traté de hacerlo yo mismo, como tú —respondió—. ¡No puedo salir así!

Jordan caminaba de un lado para otro como si esperara que aquel tigre regresara y terminara el trabajo.

—Tienes que arreglármelo, J.D.

Inspeccioné su cabeza. Jordan realmente no tenía idea de lo que estaba haciendo. Su hermano Naija tal vez tenía talentos, pero evidentemente Jordan no los tenía.

—¿Por qué no vas a ver a Henry? —pregunté, aunque ya sabía la respuesta.

—¡Porque estaría allí hasta la noche! —chilló—. Necesito arreglar esto antes que empiece el partido de fútbol que van a pasar por televisor a las cuatro.

—Siéntate en la silla —le pedí—. Tu pelo es un desastre, pero puedo arreglarlo.

Tomé mi máquina recortadora y empecé a trabajar.

Mmm, una cosa era cortar mi pelo o el de Justin.

Aunque Jordan era mi amigo, estaba algo nervioso. Sabía que tenía que concentrarme mucho más para no cometer ningún error.

—J.D. —dijo Jordan—, siempre has sido bueno con las cosas en tus manos. Lápices, bolas de fútbol, controles para los videojuegos y ahora con la máquina recortadora.

—Sí, Jordan, no todo el mundo tiene tantos juegos como tú, así que a veces los lápices tienen que ser suficiente.

—¿Sabes lo que no es suficiente? —preguntó Jordan.

Seguí cortándole el pelo y escuchando.

—No soporto salir si no tengo ropa nueva o si no estoy bien recortado —contestó Jordan—. Tengo que lucir bien todo el tiempo.

Me gustaba el estilo de Jordan, pero a veces sentía que se lo tomaba demasiado en serio.

—Si sacaras tu ropa de una caja, se te olvidaría todo eso —le dije—. La ropa se ensucia de todas maneras.

Jordan suspiró. —¿Quieres saber la verdad? —preguntó.

Asentí porque tenía curiosidad.

—Al menos tú sabes que le caes bien a la gente por ti mismo, ¡no por tus cosas! —me dijo—. A veces me pregunto si alguien se preocuparía por mí si no tuviera los videojuegos más recientes.

Jordan y yo nos quedamos callados mientras yo seguía trabajando. A veces ser un buen amigo se trataba de hablar, pero otras veces se trataba de escuchar.

Cuando terminé, Jordan tenía un perfecto rapado con el logo de los Chicago Bulls en un lado y un logo Jumpman en el otro, tal como lo había dibujado cientos de veces en mi libreta.

Era una obra maestra.

—Espera —le dije—, falta algo más.

Saqué un set de lápices de arte que mi abuela había traído del centro de recreación. Tracé los diseños de Jordan con un lápiz negro y uno rojo.

Jordan no pudo evitar echarme flores.

—Wow, J.D., te quedó genial —dijo—. Eres mejor que mi hermano. ¡Te debo!

No había pensado en esta parte. Si les pagaban

a Henry Jr. y a Naija, ¿por qué a mí no? Sobre todo cuando mi trabajo era genial.

—Bueno, ¿por qué no dejas caer tres dólares por mi trabajo? Menos de la mitad de lo que cobra Henry —le dije.

Jordan puso tres billetes nuevos en mis manos.

¡No podía creer que Jordan me diera dinero!

Pensé en todas las cosas que se pueden hacer con tres dólares en Meridian, Mississippi. Aunque Meridian era una ciudad de puros unos —un centro comercial, una barbería, un high school, un middle school y un elementary school—, tres dólares podían rendirte bastante. Podrías:

¡Comprar treinta caramelos de diez centavos cada uno en la dulcería!

30 x $0.10 = $3.00

Ir a Miss Sweetie's House y comprar caramelos cuando la tienda de la esquina estaba cerrada.

¡Ver una película durante el matiné!

Tres dólares era mucho dinero, y ¡¡¡yo era RICO!!!

CAPÍTULO 9
El inicio de un negocio

El lunes, el diseño de los Chicago Bulls de Jordan recibió mucha atención en la escuela.

—¡Oh, wow! ¿Eso lo hizo tu hermano? —preguntó Xavier.

—No, fue J.D. —contestó, haciéndome un gran favor—. Solo pagué tres dólares y está abierto los domingos.

Mmm. Más dinero. Dos clientes por tres dólares cada uno eran seis dólares. El nuevo cómic del Hombre Araña costaba $4.99. Simplemente tenía que seguir el ritmo de Jordan, Xavier y Jessyka. A Jordan y a mí nos encantaban los gráficos, pero Xavier y Jessyka se sabían de memoria TODAS las tramas.

Con seis dólares hasta me quedaría un dólar extra para caramelos.

Un dólar dividido entre diez centavos era diez. Podía comprar diez caramelos con mi dólar extra.

Cuando Eddie, el quarterback en mi equipo infantil de fútbol americano, vio los diseños de Jordan durante el almuerzo, dijo que también quería que le cortara el pelo. Él siempre iba a Hart and Son.

—¡Estoy cansado de esperar todo el día cuando voy! —se quejó.

En poco tiempo ya tenía muchos clientes. Todos los muchachos con los que practicaba deportes y todos los muchachos del vecindario querían ese talento que tenía con mi máquina recortadora.

Ese mismo fin de semana abrí mi barbería. Un día estuvo muy caluroso (como casi todos los días en Mississippi), así que saqué una silla plegable al porche. El resto del tiempo cortaba el pelo en mi cuarto. No tenía el equipo que encontrarías en la barbería de los Henry, así que improvisaba: ponía papel higiénico alrededor del cuello de mis clientes y una sábana vieja sobre su ropa para mantener

el pelo fuera. Como la sábana se deslizaba, usaba un clip de percha para mantenerla en su sitio.

Justin era mi barbero asistente. Él barría el pelo, cobraba y a veces actuaba como modelo de mis cortes de pelo.

Mi mamá y mi hermana apenas parecían darse cuenta de mi imperio en desarrollo. La única queja que escuché fue de mis abuelos, que nos dijeron que dejáramos de usar tanto papel higiénico. Sabían que estaba cortando pelo en la casa, pero no querían que mi manera de ganar dinero les costara a ELLOS.

—¿Crees que el papel es gratis? —preguntaba mi abuela.

No podía preocuparme por el papel higiénico. Mi mente estaba ocupada contando dinero.

Si hacía diez cortes de pelo al día, el total sería treinta dólares.

10 cortes de pelo x $3.00 = $30.00

Imaginaba lo que podría comprar con todo ese efectivo: mi propia consola de videojuegos, un televisor y todos los caramelos que pudiera comerme.

Pronto tendría todos los cómics de Marvel, excepto los del Capitán América. Esos no me gustaban.

¡Mi cuarto sería la barbería para niños con la mejor decoración!

Las prácticas de fútbol infantil eran siempre entre semana, así que tenía todo el sábado para cortar pelo. Un día, después de haber cerrado la barbería, Xavier, Jordan, Eddie y yo estábamos en mi cuarto hablando de todo, desde los videos más recientes en *House of Highlights* hasta las jugadas que Coach Sidney había tratado de enseñarnos para la próxima semana.

—Sí, la semana que viene voy a dejar de tirarle tanto la bola al corredor. Coach me dijo que podía practicar algunas jugadas de quarterback —comentó Eddie.

—¿Por qué no me tiras más la bola? —preguntó Xavier.

—¡Porque Jessyka es mejor receptora! —dijo Eddie riéndose.

Mamá estaba con Vanessa en su competencia de atletismo y Abuela estaba en el estudio dando una clase de cerámica para niños. El único que estaba en casa era Abuelo, practicando el piano antes de salir a vender seguros de entierro. Se iría tan pronto Abuela y Mamá regresaran a casa.

Escuché a Vanessa y a Mamá entrar por la puerta y luego oí una voz adicional. Era Jessyka. Seguro que había venido a casa con Vanessa hoy.

—Tengo que ayudar a Mamá a meter la ropa limpia —escuché que dijo Vanessa—. Espérame adentro solo unos minutos —le dijo Vanessa a Jessyka.

Escuché pasos en el pasillo y vi una sombra acercándose al marco de mi puerta. Y entonces apareció Jessyka en su ropa de calentamiento.

—¿Qué están haciendo aquí? —preguntó ella.

—Esta es mi barbería —contesté—. Aquí he estado cortándoles el pelo a todos los muchachos.

—Sí, Jessyka, ¡NO SE PERMITEN NIÑAS! —dijo Xavier.

Me volví hacia Xavier y lo miré muy serio.

—No, Xavier, Jessyka puede estar aquí —dije—. De todas maneras es mi cuarto.

Jessyka entró trotando y le echó un vistazo a mi estación de barbero.

—¿Puedo sentarme en tu silla? —preguntó Jessyka.

—Claro. —Me volví hacia Eddie y dije—: Levántate, Eddie.

Eddie parecía molesto.

—No has terminado con mi *edge up*, J.D., y nunca he visto a una niña en la barbería de los Henry. Tal vez debería volver allá —dijo Eddie.

Tenía que hacerle saber a Eddie que esta era MI barbería.

—Bueno, ¡no estás en Hart and Son! —dije—. Yo pongo las reglas.

Eddie se paró y Jessyka se sentó.

—A veces quisiera que me cortaran el flequillo, pero mi mamá no me deja —dijo Jessyka mientras tomaba un mechón de su pelo y pretendía cortarlo con sus dedos.

—Apuesto a que podría hacerlo —respondí—. Pero tu mamá podría enfadarse. ¿Por qué no le preguntas primero y regresas la próxima semana?

Jessyka sonrió como lo hacía cuando atrapaba la bola mientras corría, derribaba a un par de jugadores y se dirigía a la zona de anotación. La línea de banda, los entrenadores y la multitud gritaban EXTRAFUERTE cuando ella anotaba.

—No es una mala idea —contestó.

Jessyka se paró de la silla y nos miró a todos.

—Tengo que irme, pero ya nos veremos en el campo de juego.

Escuchamos a Jessyka caminar por el pasillo. Cuando llegó al final, gritó de nuevo: —¡Soy tan rápida que no podrán atraparme!

Jordan, Eddie y Xavier se quejaron, pero yo me reí. Jessyka podría enseñarnos una o dos cosas sobre tirar indirectas.

CAPÍTULO 10
Henry Hart Jr. tiene un problema

Todo sobre el fútbol americano infantil me encantaba. Había muchos niños en el equipo que iban tanto a Douglass como al colegio católico.

Como les estaba cortando el pelo a casi todos los niños en mi equipo, los Súper Ratones de Meridian lucían extraimpecables. Inventamos un plan para que todos se quitaran los cascos después de un touchdown y exhibieran sus cortes. Incluso Jessyka logró que mi hermana le arreglara el pelo diferente. Era obvio que todos los niños se estaban cortando el pelo en otro lugar que no era la barbería de los Henry. Allí no aceptaban peticiones especiales. No hacían líneas ni color ni *hi-tops* ni rastas. No creo que detestaran estos estilos, solo que no sabían cómo hacerlos, especialmente en un niño.

—Mira esto, Papá —dijo mi amigo Xavier después

de anotar un touchdown. Se quitó su casco en la zona de anotación. Yo había rapado una imagen del Súper Ratón en la parte de atrás de la cabeza de Xavier que, como siempre, llevaba su *hi-top fade*. Y hasta lo había coloreado con mis lápices de dibujo.

Por lo general, reconocía a la mayoría de las personas que venían a mis partidos. Pero esta vez tenía la extraña sensación de que alguien me estaba observando. Cada vez que anotábamos un touchdown o hacíamos una jugada emocionante en ofensiva, todos los padres y las amistades en las gradas se paraban y gritaban para animarnos. Yo jugaba de linebacker, así que no estaba en el campo cuando anotábamos, y podía ver a una persona en las gradas que se mantenía sentada y con sus brazos cruzados. Llevaba una gorra tejida y gafas de sol. Era Henry Jr. Estaba seguro. ¿Qué tramaba?

Sus hijos eran pequeños, así que no tenía razón para estar allí. ¿Qué más podría estar haciendo sino tratando de averiguar dónde los niños que eran sus clientes se estaban cortando el pelo?

—¡J.D.! —me gritó Eddie cuando terminó el

partido—. El tipo ese, Henry Jr., el de la barbería, me preguntó quién me cortó el pelo... Le dije que fuiste tú.

Después del partido, esperé a que mi familia me encontrara para evitar a Henry Jr. en las gradas. Mis abuelos, Justin y Vanessa eran los únicos que venían a mis juegos normalmente, pero Mamá había tomado una noche libre de estudiar para sus exámenes para verme en acción.

—¡Otra victoria, Mamá! —dije. Me encontré afuera con toda mi familia.

—Sí, puedo ver que has estado cortando muchos pelos mientras no estoy en la casa —dijo Mamá mientras se agachaba y me abrazaba.

—Sí, J.D., no está mal. Pero apuesto a que no puedes arreglar el pelo de las niñas —dijo Vanessa—. ¿Viste lo bien que lucía Jessyka?

¡Ella siempre tenía algo que decir!

Nos apretamos en nuestro auto y, mientras íbamos calle abajo, en lo único que pensaba era en qué podría querer Henry Jr.

CAPÍTULO 11
La visita

Todo el mundo en Meridian sabe todo sobre los demás. Y si no lo saben, basta con hacerle la pregunta correcta a un amigo, a un vecino o a un miembro de la iglesia para obtener cualquier respuesta.

Así que no fue una gran sorpresa cuando un sábado por la noche, mucho después de haber cerrado la barbería en mi cuarto, encontré a Henry Jr. tocando la puerta del porche trasero. Por supuesto que había averiguado cómo encontrarme.

Aunque estaba oscureciendo, todavía llevaba la misma gorra tejida y las gafas de sol que había usado en mi partido de fútbol americano.

—Hola, Jay, Jay —dijo.

Nadie excepto mi familia me llamaba James. Definitivamente no «Jay, Jay». Estaba tratando de hacerme enojar y lo estaba logrando.

—Sé lo que traes entre manos con tu pequeña barbería clandestina —dijo Henry Jr.

¡Esto era increíble! ¿Por qué estaba Henry Jr. en mi casa, preocupado por lo que yo estaba haciendo?

—Hola, señor Henry Jr. —le dije—. ¿En qué le puedo ayudar? ¿Quiere que llame a mi mamá?

Parecía que Henry Jr. estaba sudando. Aunque realmente no estaba seguro. Siempre parecía como si le faltara el aire, pero hoy era peor. ¡Era casi como si hubiera humo saliendo de sus orejas!

—No te preocupes por tu mamá ahora, pero si no terminas con esto —dijo en un tono de voz más alto—, ¡voy a llamar a las autoridades para que cierren tu barbería!

¿Podría Henry Jr. hacer eso? ¿Cómo?

—¡No tienes ningún tipo de licencia para hacer algo! —dijo, como si pudiera leer mi mente—. Tu mamá trabajaba en el hospital, ¡ella sabe sobre el Departamento de Salud!

Antes que pudiera responder, se fue furioso.

Tenía que estar bromeando. ¿Quién creería que un niño de ocho años tuviera su propia barbería? Y, de todos modos, ¿cómo podría ser ilegal? A la mitad de los niños que conocía les cortaban el pelo en la casa.

Henry Jr. era simplemente un resentido. Yo no tenía tiempo para resentidos. ¡Tenía un negocio que atender, dinero que ganar y clientes que dependían de mí!

CAPÍTULO 12
Henry Jr. cumple su amenaza

El resto de mi semana seguí haciendo lo normal: la escuela, la práctica de fútbol americano y la iglesia. No había señal de Henry Jr. por ningún lado. Nadie se estaba escondiendo en los arbustos, no había personas extrañas en el campo de fútbol ni había nadie parado frente a mi casa.

El sábado por la mañana, me estaba preparando para cortarle el pelo a Xavier mientras Justin jugaba con su juguete Rayo McQueen de la película *Cars*.

Xavier estaba justo al lado de mi estación de trabajo. Esta semana, él quería un *edge up* con un afro corto como Steph Curry, y yo estaba listo para tratar de hacerlo.

—Dejé que mi pelo creciera por dos semanas, tal como me dijiste —me dijo mientras se sentaba en mi silla.

Tomé mi máquina recortadora.

—Bro, ojalá hubiera atrapado el touchdown ganador la semana pasada en lugar de Jessyka —comentó Xavier.

—No es justo y, de todas maneras, ¿por qué Jessyka está en nuestro equipo? ¡Es la única niña!

A Xavier le encantaba ganar y noté que esto le había estado molestando.

—Ella es buena, Xavier. Ha practicado deportes desde que empezó a caminar, creo. Además, su papá jugó fútbol americano en la universidad y practican pasarse la bola y rutas para correr ¡TODO EL TIEMPO!

Xavier se quedó callado, mirando al espejo como si estuviera pensando.

Yo sabía lo que se siente querer ser el mejor en algo. Y apuesto a que Jessyka también lo sabía. Ellos debían hablar.

Antes que pudiera sugerirlo o incluso terminar el corte de pelo de Xavier, escuché a alguien golpeando la puerta. Sonaba como Jordan. Él es lo suficientemente grande para golpear así de duro. Además siempre le gusta ser el primero.

¡Bum! ¡Bum! ¡Bum!

Miré por la puerta. La persona que estaba afuera no era Jordan. Era un hombre con una camisa de manga corta y botones, pantalones y zapatos como para la iglesia. Llevaba un portapapeles.

—¿Es esta la casa del señor y la señora Slayton Evans?

—¿Quién quiere saber? —pregunté.

—Bueno, jovencito, necesito hablar con un adulto —respondió. Y me entregó una tarjeta de presentación que decía:

ROBERT VICTOR

Inspector de Sanidad del Condado

Departamento de Salud del Condado

Meridian Lauderdale

5224 Valley Street, Meridian, MS 39307

Teléfono: 601-123-4567

—Me informaron que una barbería sin licencia está operando en esta casa —continuó.

—*Bueno*, mis *abuelos* no están aquí —le dije. Era cierto. Abuelo estaba visitando clientes para un seguro de entierros, y el sábado era un día ocupado para las clases de cerámica de Abuela. Era cuando la mayoría de la gente podía ir. Mamá estaba de compras con Vanessa. Mi familia confiaba en mí lo suficiente como para dejarme solo por una o dos horas.

El señor Victor me empujó y traté de cerrarle el paso. No funcionó. ¡Simplemente entró sin permiso!

Me habían pillado.

—Voy a necesitar que todos ustedes muchachitos se vayan ahora mismo a sus casas con sus padres —les dijo el señor Victor a Xavier y a Justin.

Supongo que pensó que Justin era uno de mis clientes.

—¿Puede esperar a que J.D. termine mi *edge up*? Voy a lucir terrible si me voy así —dijo Xavier.

El señor Victor soltó una risita arrogante. Su barriga se meneó encima de la hebilla de su cinturón.

—No, hijo —contestó—. Tienes que irte ahora. Sugiero que vayas a la barbería auténtica de la

ciudad, Hart and Son, para que terminen tu corte.
Ellos tienen licencia.

Eso me molestó. Tal vez no tenía una licencia,
pero mis destrezas eran mucho mejores que las de
los Henry.

El señor Víctor me explicó que esta era una advertencia. Si regresaba y veía que mi negocio seguía
abierto, hablaría con mis abuelos y me metería en
problemas serios.

Cuando terminó con su sermoneo, giró sus zapatos negros brillantes y se marchó por la puerta.

Henry Jr. había cumplido su amenaza.

Tenía que descubrir cómo vengarme y evitar que destruyera mi vida.

CAPÍTULO 13
El pequeño barbero contraataca

Cuando mi mamá regresó a casa con Vanessa, toda la familia se sentó en la cocina para cenar, como hacíamos todos los fines de semana. Esta vez había filete, arroz y col rizada que había estado cociéndose a fuego lento toda la mañana.

Normalmente, habría estado en mi segunda ración, pero no podía dejar de pensar en el señor Victor y su amenaza. Usé mi tenedor para empujar la comida alrededor de mi plato.

—Cómete tus verduras, J.D. —me dijo Mamá.

—Primero quiero otro pedazo de pan de maíz —contesté.

—J.D., ¿te pasa algo? —me preguntó—. No es tu costumbre llevar la contraria y nunca antes has estado tan callado alrededor de mi comida.

¿Cómo es que ella siempre sabía cuando algo me

estaba molestando? Me atraganté el resto de mis verduras, fingiendo que sabían como los caramelos que compré con todo el dinero de mi barbería. No quería que me preguntara nada más.

—J.D. tiene una nueva consola de videojuegos en su cuarto —dijo Vanessa.

Mi mamá me miró, sorprendida.

Había logrado mantener en secreto mi barbería, que iba viento en popa, porque Mamá tenía muchísimos exámenes para terminar su maestría. Las prácticas de atletismo infantiles eran los sábados en la mañana, así que Vanessa tampoco se había dado cuenta enteramente de lo que yo estaba haciendo.

—Bueno, Mamá, la gente me ha estado pagando por sus cortes de pelo y ahorré suficiente dinero para comprarla yo mismo —le dije.

—Eso explica todos los niños que han estado entrando y saliendo de esta casa todo el fin de semana —dijo el abuelo—. Tu abuela y yo estábamos hablando sobre eso con tu mamá.

Todos giraron y se miraron unos a otros. El abuelo movió su cabeza y sonrió.

—Wow, ¡parece que tengo a un pequeño Henry Jr. en casa! —comentó Mamá—. Le voy a decir a tu tío Hal que ponga una máquina recortadora en la caja la próxima vez que envíe ropa.

Me estremecí cuando Mamá mencionó el nombre de Henry Jr. Tampoco me entusiasmaba mucho recibir otra caja de ropa de segunda mano, pero una máquina recortadora extra sonaba muy bien.

Me alegraba que Mamá no estuviera enojada por mi negocio. No necesitaba a otra persona tratando de cerrar mi barbería. ¡Si fuera por Henry Jr., estaría fuera del negocio antes de apenas empezar!

Después de la cena, no podía dormir. Y, para variar, no era por todos los caramelos que me comí.

Ya casi no me quedaba ninguno en mi frasco de caramelos, que lucía casi vacío. ¿Cómo podría darme el lujo de comprar más? ¿O los nuevos videojuegos? ¿Y los cómics? Tendría que regresar a casa de Jordan para usar todos sus juguetes y aparatos como antes. Mamá siempre me decía que teníamos todo lo que necesitábamos y que no era

correcto esperar que otros nos dieran cosas. Pero con mi barbería podía trabajar para comprarme todos esos extras que quería. Además me hacía sentir especial. ¡Nadie más en la escuela podía hacer lo que yo hacía!

¿Por qué a un hombre adulto le preocuparía tanto un niño cortando pelo en su cuarto?

¿Y qué podría hacer yo para detenerlo?

Yo les cortaba el pelo a los niños mejor y más barato que él, y por eso estaba enojado.

¡Eso era su culpa!

Tenía que encontrar la manera de evitar que Henry Jr. tratara de destruirme.

Quizás podría colarme en su barbería y poner pegamento entre sus tijeras.

Tal vez podría reemplazar toda su solución de limpieza con el Gatorade azul que usábamos en el fútbol infantil.

¿A quién estaba engañando? Todas mis ideas eran terribles. Necesitaba juntarme con alguien para pensar en algo genial. ¡Y conocía justo a la persona perfecta!

CAPÍTULO 14
El plan

—¿Qué puede querer él de un niño? —le pregunté a Jordan. Le había contado que Henry Jr. me estaba espiando.

Nos sentamos en una tienda de campaña en su patio. Era el mejor lugar para pensar. Tomé una linterna y, cada vez que la encendía, se veía la pintura de fútbol que me había puesto bajo los ojos.

—Bro, ya está —dijo—. Olvídate de ese tipo.

—¡No puedo olvidarlo! ¡Está tratando de cerrar mi barbería! Tenemos que idear un plan para detenerlo. ¿Quieres cortes de pelo geniales o no?

Después de años jugando Madden con Jordan, sabía que tenía buenas ideas en su cabeza. Le ganaba la *mayor* parte del tiempo, pero no *siempre*.

—¿Qué tal si le enviamos una carta y le decimos

que es del Departamento de Salud y que están a punto de cerrarlo a *él*?

—No va a funcionar —me dijo Jordan—. Él conoce las reglas.

—¿Y qué si me cuelo en su tienda y pongo detergente para lavar platos en su champú y burbujas en su lata de crema de afeitar?

—Nop, no va a funcionar —respondió Jordan—. Solo terminarías en el reformatorio.

—Bueno, ¡¿vas a pensar en algo o simplemente vas a decir «no va a funcionar» a todo lo que digo?! —grité.

—Quizás si pensaras en algo que VA A FUN-CIONAR te diría algo distinto —contestó.

Ambos nos detuvimos y miramos la linterna.

—¿Por qué no lo desafías a algún tipo de juego como hacemos en el fútbol todas las semanas?

Sonreí. Jordan había comenzado a tener una buena idea.

— ¡Sí, algo como una competencia de barberos! —dije con entusiasmo.

—Vamos a invitar a toda la ciudad —agregó Jordan—. Si ganas, puedes seguir cortando pelo en tu cuarto y él tiene que dejarte en paz.

—Ahora eso sí suena como un buen plan —dije.

Apagué la linterna. Mientras caminaba a casa, comencé a desarrollar en mi mente todo el plan.

CAPÍTULO 15
El desafío

Al día siguiente en la escuela, durante la clase de computación, escribí en secreto una nota para Henry Jr., la imprimí y tomé el papel de la impresora antes que la maestra se diera cuenta.

Pensé que Henry Jr. consideraría más formal un mensaje escrito en la computadora y entonces me tomaría en serio.

Una tarde caminé hasta la barbería y deslicé la nota bajo la puerta justo antes de que Hart and Son cerrara.

Henry Jr.:

Si quieres que deje de cortar pelo en mi cuarto, entonces tienes que ganarme en una competencia.

Si yo gano, me dejarás en paz.

Si tú ganas, dejaré de cortar pelo.

P.D. Yo pongo las reglas. Tú las aceptas.

MARCA ☐ SÍ O ☐ NO

YA SABES DÓNDE ENCONTRARME.

»»«««

La semana siguiente después de nuestro partido de fútbol infantil, Eddie me pasó un papel.

—Henry Jr. le dio esto a mi papá. Dijo que es para ti —me dijo Eddie—. No sé de qué se trata, pero aquí está.

Eddie, el único niño de nuestra edad más alto que Jordan, había dejado de ir a Hart and Son, pero su papá todavía iba todas las semanas. Henry Jr. estaba tratando de encontrar una conexión conmigo. Leí el papel en mis manos.

Henry Jr. había marcado la casilla «Sí».

CAPÍTULO 16
Las reglas

Para ser sincero, no esperaba que Henry Jr. aceptara mis condiciones sin escuchar más detalles. Pero lo hizo, y ahora yo tenía que poner las reglas para la competencia de barberos.

La primera regla era fácil: asegurarme de que la competencia no ocurriera durante algún partido de fútbol americano —infantil, universitario o de la NFL. Quería que toda la ciudad estuviera presente.

—Buena idea, J.D., sin duda tu negocio va a crecer muchísimo después que le ganes frente a todo el mundo —dijo Jordan.

—Exacto —dije—. Más clientes, más dinero.

—¿Quiénes van a ser los jueces de esto? —preguntó Jordan.

Aún no había pensado en eso.

—No sé —respondí—. ¿El público?

—Eso no va a funcionar —contestó Jordan. ¡Esa era su frase favorita!

—¿Qué tal si él invita a más gente que tú?

Tampoco había pensado en eso.

—Tienes razón —le dije—. Tendré que pensarlo un poco más.

La siguiente vez que toda mi familia se reunió para cenar, decidí que tenía que contarles sobre la futura competencia. Si quería que todos estuvieran allí, tenía que avisarles con tiempo.

—Tengo algo que decirles.

Todos se detuvieron a medio bocado y me miraron.

—En dos semanas voy a tener una competencia de barberos en Hart and Son. Desde que empecé a cortar pelo en mi cuarto, me he vuelto muy bueno en esto. Ahora quiero que todo el mundo sepa que soy el mejor barbero en la ciudad.

El abuelo se movió en su silla. La abuela miró rápido alrededor de la mesa como si no pudiera creer lo que estaba escuchando.

Vanessa trató de ahogar su risa.

—Es en serio, Vanessa, corto pelo y gano dinero.

Vanessa tomó un largo y lento trago de agua.

—De verdad, ¿cómo vas a ganarle a un hombre adulto cortando pelo? —preguntó—. Y, de todas maneras, ¿por qué él querría aceptar TU desafío?

—Es una historia larga —respondí. Realmente no quería contarles sobre el inspector de sanidad y meterme en problemas—. Sin embargo, será increíble. Toda la ciudad estará allí. Lo único que necesito es un juez.

En ese momento la abuela intervino.

—Bueno, una de mis estudiantes de cerámica, la señora Holiday, es dueña de la escuela de belleza de la ciudad. Quizás ella y su esposo puedan hacerlo.

—¿De verdad, Abuela? —dije emocionado—. ¡Eso sería genial!

—Estoy segura de que le encantaría hacerlo. —Abuela se frotó la boca con una servilleta y continuó hablando. Nos dijo que había estado dando clases de arte en Meridian por tanto tiempo que ya todos le debían algún favor.

Les hablé del resto de las reglas que había pensado: quería sacar los estilos de corte de un sombrero y competir en tres rondas de treinta minutos cada una. El primero en ganar dos de tres sería el vencedor. Mamá dijo que estaba muy impresionada con mi plan. Vanessa aclaró su garganta a todo volumen y Justin aplaudió. El abuelo estaba ocupado comiendo, pero me di cuenta de que también estaba orgulloso.

¡Este era el empuje que necesitaba!

Le entregué las reglas a Henry Jr. a primera hora un sábado por la mañana, antes del último partido de la temporada regular de fútbol americano universitario.

Él leyó las reglas en silencio.

—Muy bien, hombrecito. Solo déjame saber la hora y el día, y estaré listo —dijo—. Voy a enseñarte una lección sobre cómo actuar como adulto.

No tenía ni idea de lo que quería decir. Pero si alguien iba a enseñar algo, era yo.

CAPÍTULO 17
A bombo y platillo

Mi abuela me llevó después de la escuela a ver al señor y a la señora Holiday en la Escuela de Belleza de Meridian para pedirles que fueran jueces en mi competencia.

—¡J.D. va a ser uno de tus estudiantes estrella algún día! —Abuela puso al tanto a los Holiday de lo que habíamos hablado en la cena.

—Sí, señora Holiday —añadí—, voy a tener una batalla de barberos. El mejor en dos de las tres rondas gana.

—Vaya mente que tienes —dijo la señora Holiday—. ¡Me gusta!

¡Tenía mis jueces! ¡Y mi abuela y yo ya les caíamos bien!

—No tenemos problema en juzgar la batalla, jovencito, pero vamos a ser justos. ¡No pienses que solo porque conozco a tu abuela voy a dejarte ganar!

Miré sospechosamente alrededor del salón. ¿Acaso podían oír mis pensamientos?

—Sé que puedo ganar sin hacer trampa, señora Holiday —le dije—. ¡Solo asegúrese de invitar a toda la escuela de belleza!

Otra sugerencia del señor y la señora Holiday fue que ellos seleccionaran los cortes de pelo que Henry Jr. y yo sacaríamos del sombrero. De esa manera, nadie podría practicar el día anterior. No estaba preocupado.

Con eso resuelto, me enfoqué en asegurarme que tuviéramos una audiencia. Había logrado por mi mismo que los niños vinieran a mi casa a cortarse el pelo. ¡Ahora esta competencia de barberos me convertiría en el barbero más popular de Meridian!

Puse carteles por toda mi escuela primaria. Simplemente copié algo que había visto en uno de mis videojuegos de boxeo.

¡PRIMERA BATALLA DE BARBEROS EN MERIDIAN!

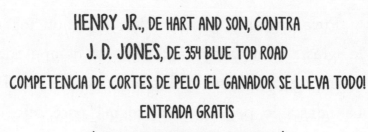

HENRY JR., DE HART AND SON, CONTRA

J. D. JONES, DE 354 BLUE TOP ROAD

COMPETENCIA DE CORTES DE PELO ¡EL GANADOR SE LLEVA TODO!

ENTRADA GRATIS

SÁBADO 6 DE NOVIEMBRE AL MEDIODÍA

EN LA BARBERÍA HART AND SON

¡PREMIOS Y SORPRESAS!

¡VEN A VER QUIÉN ES EL MEJOR BARBERO EN LA CIUDAD!

Puse carteles en el tablón de anuncios de la iglesia y me aseguré de que la competencia apareciera también en los anuncios semanales. La iglesia le pagaba a mi mamá para que los escribiera, así que el sábado por la noche le pedí que incluyera exactamente lo que yo quería. Le pedí a mi abuelo que les diera volantes a todos sus clientes de seguros de entierros, y a la abuela que pusiera carteles por todas partes en su estudio de cerámica. ¡Hasta le di volantes a mi hermana para sus amigos! Mi madre se llevó volantes a su escuela. Y para que no faltara nadie, me subí a mi bicicleta y entregué volantes al equipo infantil de fútbol y a mi entrenador.

¡Una vez que venciera a Henry Jr., tendría a todos los clientes de la ciudad!

CAPÍTULO 18
La noche anterior

Cuando suceden este tipo de cosas en las películas o en los libros, ves que la noche antes de la competencia los competidores no pueden dormir.

Bueno, no en esta historia.

Dormí como un bebé. Sabía que tenía a Henry Jr. justo donde lo quería. Yo había hecho docenas de cortes. Sabía lo que estaba de moda. Sabía que era rápido... y bueno. Y sabía que al final del día, todos los clientes que le quedaban a Henry Jr. serían míos.

Por la mañana, las cosas eran diferentes. Ni siquiera con una buena noche de sueño y la confianza de una victoria casi segura estaba de humor.

Mi familia no podía ir siempre a mis partidos de fútbol, pero sí estaría en la batalla. Mi mamá incluso llevó a todo el mundo a Hart and Son.

Cuando llegamos allí, me di cuenta de que había olvidado la máquina recortadora de repuesto que me había regalado el tío Hal. Mamá tuvo que manejar los diez minutos de vuelta a nuestra casa para llevarme a buscarla. ¡Qué mal comienzo!

En el camino de regreso a Hart and Son, volví a revisar todos los instrumentos en mi mochila. Tenía mi máquina recortadora, la máquina recortadora de repuesto, un cepillo y mi set de lápices de arte.

De pronto empecé a preocuparme. En realidad, empecé a sudar. Henry Jr. probablemente tenía mejores tijeras que yo. ¡Él tenía toda una barbería

de herramientas! Se me olvidó incluir en mis reglas qué tipo de instrumentos podíamos usar.

Mi máquina recortadora era de JCPenney. Mi abuelo la había conseguido con su descuento cuando era el gerente general. Henry Jr. había comprado su equipo por medio de vendedores especializados que visitaban su barbería. ¡Yo solo podía ir a Sally Beauty Supply si quería algo extra!

Deseé haber gastado menos del dinero que había ganado en hacer que la barbería luciera divertida y chévere.

Mi mamá me miró mientras yo apretaba nerviosamente mi mochila.

—¿Estás bien, J.D.? —me preguntó.

—En realidad, Mamá, estoy un poco asustado —respondí.

—¿Todavía quieres hacer esto? —preguntó.

—Tengo que hacerlo, Mamá, ¡toda la CIUDAD va a estar aquí!

—Cariño, TÚ fuiste creado para este momento. ¡Eres mi hijo, J.D.! ¡Los Jones no dejamos que los nervios nos detengan!

Ella tenía razón. Mamá había regresado a la escuela aunque estaba nerviosa. Al principio el coro me ponía nervioso y ahora era de lo más normal. Ya hasta había dejado de hacer playback.

—Pero te diré un secreto —dijo Mamá—. Cuando corría, ¡a veces sentía deseo de vomitar antes de una carrera importante! Pero luego me imaginaba cruzando la meta en primer lugar y a todo el mundo animándome, y eso me ayudaba a mantener la calma.

Así me sentía ahora. ¡Con deseos de vomitar!

—Aún peor —Mamá continuó—, cuando estaba estudiando para ser enfermera, la primera vez que tuve que sacarle sangre del brazo a alguien, ¡me asustaba muchísimo pinchar la vena equivocada y que el paciente se muriera! ¿Hay alguna posibilidad de que alguien muera hoy mientras le cortas el pelo?

—No, Mamá, ninguna —le dije, riéndome. Me di cuenta de que estaba bromeando.

Mamá a veces podía ser muy graciosa.

—Entonces no te sientas nervioso. Simplemente

mira al público e imagina que todos te están aplaudiendo a TI.

El plan era que Henry Jr. y yo seleccionáramos nuestros propios modelos. Los dos les habíamos pedido a tres niños diferentes que se dejaran crecer el pelo del mismo largo.

Pero cuando llegué, la señora Holiday nos tomó por sorpresa.

—¡Hola Henry Jr. y J.D.! —nos saludó afuera de la barbería.

—¡Anoche se me ocurrió una gran idea! ¡¿No sería más divertido y emocionante si yo eligiera uno de los modelos?! —Ella parecía muy contenta con su idea, pero a mí no me gustaba ni un poquito.

—De esa manera será más justo —continuó—. De vez en cuando mis estudiantes de la escuela de belleza practican con niños locales, y llamé a dos de ellos.

Entonces ella dirigió su atención hacia mí.

—Si quieres ser un gran barbero algún día, J.D., ¡tendrás que saber cómo cortar TODO tipo de pelo.

¿Todo tipo de pelo? El único pelo que había cortado que no era como el mío era el de mi amigo Xavier. ¿Qué tenía en mente la señora Holiday? ¿Acaso también debía saber cómo cortar el pelo de una niña? ¿O pelo liso? Había planeado usar a Xavier, Eddie y Jordan como mis modelos. Ya sabía cómo cortarles el pelo.

No podía descifrar lo que Henry Jr. pensaba de la nueva regla. Su cara estaba un poco en blanco. Probablemente no estaba preocupado porque, al fin y al cabo, tenía años de experiencia.

¿Existía la posibilidad de que perdiera delante de toda mi familia y mis amigos?

CAPÍTULO 19
La batalla de barberos

Aunque por dentro me sentía muy preocupado, por fuera me veía tan arreglado como una estrella de cine en el estreno de su película. Al menos tan arreglado como podía verme con mi mejor camisa y zapatos de la iglesia. Traje un frasco de caramelos para el público y me aseguré de que Jordan, con todos sus aparatos, pudiera tocar música y montar un micrófono para el señor y la señora Holiday.

En Hart and Son solo había dos sillas de barbero y un pequeño banco para las personas que estaban esperando. Mi maestro de gimnasia me dio permiso para traer un montón de sillas plegables, pero aun así no había asientos suficientes para todos.

La única vez que había actuado solo y delante de un público fue en la obra de Navidad de la escuela, en segundo grado, cuando hice el papel de

José. Se me cayó el bebé Jesús de juguete cuando le estaba pasando el muñeco a la niña que hacía de María, y todo el mundo se rio. ¡Estar en el escenario frente a tantas personas no se comparaba con estar en el equipo de fútbol, donde nadie podía saber quién eras!

La gente se reunió afuera de la barbería y algunos presionaban sus narices contra el vidrio. Jordan conectó rápidamente su sistema de sonido para que la gente pudiera escuchar los anuncios.

Parecía una de las las reuniones que se celebran afuera del estadio antes de un partido de fútbol americano en la Universidad de Tuskegee.

Toda mi familia se sentó en primera fila como una hilera de patos vestidos con su mejor ropa de domingo. Estaban al lado de Henry Sr. y la esposa de Henry Jr. y sus dos hijos pequeños. Vi a todos mis amigos, especialmente a Jessyka, que estaba sentada junto a su mamá. Ella me saludó con la mano, mostrando sus brillantes uñas azules, y se acercó a mí.

—Lo vas a destrozar, J.D. Tal como hice yo en el último partido de fútbol. —Antes de volver a su asiento, añadió—: Y cuando mi mamá te vea cortar pelo, sé que dejará que me cortes el flequillo.

¡Eso era justo lo que necesitaba escuchar!

Vi a Justin quejándose en el regazo de Mamá y decidí ir a calmarlo. Vanessa también estaba allí y tenía una mirada extraña en sus ojos. No estaba seguro si estaba feliz por mí, celosa o nerviosa. Pero entonces me tomó del brazo.

—Tú puedes, J.D. —me dijo.

Al lado de ella, la abuela y el abuelo habían combinado sus atuendos para la ocasión. La abuela llevaba un sombrero de iglesia azul pálido, y el abuelo una corbata azul pálido. Los dos me sonrieron.

Todas las personas importantes para mí habían venido para animarme.

Un fotógrafo del *Meridian City Times* nos tomó una foto a Henry Jr. y a mí para el periódico. ¡El flash resplandeció tanto que me sentí mareado!

Y justo en ese momento, se escuchó la voz de la señora Holiday por el altavoz.

—¡Bienvenidos todos a la primera batalla de barberos de Meridian! —anunció la señora Holiday.

Henry Jr. y yo nos dirigimos a nuestras estaciones.

—¡Un aplauso para nuestros valientes y talentosos participantes, el señor Henry Hart Jr. y el pequeño J.D. Jones!

La señora Holiday pausó para los aplausos. Traté de imaginar que todas aquellas ovaciones eran para mí, tal como dijo Mamá.

—Ahora bien, el mejor en dos de las tres rondas será el ganador. Mi esposo y yo seremos los jueces profesionales, pero todos pueden participar usando los números debajo de sus asientos. Pueden calificar los cortes de pelo de uno a cinco; el cinco es el mejor y el uno, eh, no tan bueno.

Se enrolló las mangas. La señora Holiday me recordaba a la gimnasta Simone Biles en la ropa deportiva de nilón que siempre usaba para no ensuciarse con los productos para el pelo.

—¡Ahora un aplauso para nuestros modelos de pelo! ¡Esperemos que todos regresen a sus casas contentos!

Xavier, Eddie, y este chico de la iglesia que se llamaba Steve entraron. Los papás de Steve eran estrictos, aún más estrictos que mi familia, y por eso él no estaba en el equipo de fútbol americano ni en ninguna actividad extracurricular. ¡¿Cómo iba a cortarle todo ese pelo?!

Tampoco conocía muy bien a los modelos de Henry Jr. ¿Quizás eran familiares de él que vivían en otra ciudad? Dos de ellos tenían afros cortos y el modelo comodín de la señora Holiday era otro muchacho con un afro largo y tupido. ¡La señora Holiday mencionó que sus modelos se habían dejado crecer el pelo para la batalla!

—Listo, comencemos —anunció la señora Holiday.

La herramienta elegida para los cortes de pelo fue la máquina recortadora con una guía; nada de tijeras. Tendríamos treinta minutos para completar cada estilo antes de bajar nuestras máquinas recortadoras.

—Mi esposo, Billy, o el señor Holiday para ustedes, dará comienzo a la competencia sacando el primer estilo del sombrero.

El señor Holiday, un hombre bajito y fuerte, se acercó al sombrero y sacó un pedazo de papel.

—El primer estilo es... ¡un *fade*!

Nuestras máquinas recortadoras comenzaron a zumbar. Empecé a trabajar en la cabeza de Eddie y me sentí menos nervioso al enfocarme en el corte de pelo. Pero podía sentir que Henry Jr. estaba trabajando más rápido que yo. ¡¿Cuántos cientos de *fades* básicos había cortado a lo largo de su vida?!

—Bajen las máquinas recortadoras —oí decir a la señora Holiday.

Con el rabillo del ojo vi que ella le susurraba algo al señor Holiday. Henry Jr. había terminado antes que yo y el corte se veía muy bien. El mío también se veía bien, pero el borde trasero estaba un poco incompleto.

—¡Debemos darle esta ronda al señor Henry Jr.! ¿Qué piensa el público?

Cuando la señora Holiday le pidió al público que calificara el *fade* de Henry Jr., la mayoría le dio cuatros y cincos. Yo recibí principalmente cuatros. ¡Los únicos cincos fueron de mi familia!

La señora Holiday sacó del sombrero el siguiente estilo y se dirigió al público.

—Nuestro próximo corte de pelo es... ¡un *pompadour*!

Oí al público moverse en sus asientos. No todos parecían saber lo que era, ¡pero yo sí! Algunas celebridades como Miguel, Bruno Mars y Janelle Monáe habían probado sus propias versiones de *pompadours*.

Por suerte, a Xavier le tocaba su turno en mi silla. Todo lo que tenía que hacer era añadir el producto moldeador adecuado y luego degradar bien sus laterales.

Henry Jr. estaba tratando de alisar el pelo de su

modelo, pero no terminó a tiempo para degradar nítidamente los laterales.

Los Holiday susurraron entre ellos otra vez.

—¡Creemos que el ganador de esta ronda es J.D.!

Esta vez el público me dio mayormente cincos y cuatros, y Henry Jr. recibió tres, dos, ¡y hasta un par de unos!

—Para el último estilo de corte de esta competencia —anunció la señora Holiday—, ¿podría por favor pedirle a Henry Sr., el dueño de esta barbería, que pase al frente para hacer la selección?

Henry Sr. descruzó sus largas y delgadas piernas y metió su áspera mano en la gorra de béisbol que estaba al revés.

—*Hi-top fade* —gritó—. No sé qué rayos es eso, pero buena suerte, muchachos. —Henry Sr. arrastró los pies de vuelta a su silla.

Yo sabía exactamente lo que era un *hi-top fade*. No estaba tan seguro de que Henry Jr. lo supiera. De todos modos, ambos estábamos cortando el pelo de un nuevo cliente por primera vez.

Con mucha calma, Henry Jr. cortó la espesa cola de caballo del niño en su silla. ¡Ya llevaba la delantera!

Mi máquina recortadora zumbó mientras afeitaba la cola de caballo de Steve, pero tan pronto como su pelo cayó al suelo, ¡mi máquina recortadora dejó de funcionar! Oí los suspiros que dejaron escapar algunas personas, y mi mamá se cubrió la boca con la mano.

Caminé hasta mi bolso y saqué la máquina recortadora de mi tío. Nunca la había usado antes, pero, si quería ganar, tenía que recordar lo que Mamá me había dicho en nuestro viaje en el auto: los Jones nunca nos rendimos.

Lo bueno de que Steve tuviera tanto pelo era que realmente podía hacer algo extra especial con mi *hi-top fade*, algo como un corte ligeramente desigual con un lado más alto.

Le eché un vistazo rápido a Henry Jr. ¡Parecía que estaba intentando copiarme!

De vuelta en la cabeza de Steve, me sentía muy bien con lo que estaba haciendo. Me enfoqué en el corte de pelo de la forma en que lo hacía cuando me sumergía en mis dibujos.

Aunque perdiera, quería asegurarme de hacer un buen trabajo y que todos supieran que podía cortar pelo tan bien como Henry Jr. Eso era importante para mí.

CAPÍTULO 20

¿El ganador?

—¡Máquinas recortadoras abajo! —dijo la señora Holiday por el micrófono.

Treinta minutos después de que Henry Sr. anunciara el estilo que teníamos que cortar, la última competencia terminó.

La música R&B que Jordan había estado tocando para nosotros a través del sistema de sonido se detuvo. Solté mi máquina recortadora y miré mi trabajo. Había rapado la palabra «Ganador» en la parte posterior de la cabeza de Steve y había trazado el contorno de la palabra con mi lápiz de arte dorado. Me sentía muy orgulloso.

Comencé a sacudir el pelo de los hombros de Steve y lo giré para que quedara de frente al público.

Henry Jr. también giró a su modelo... pero el público suspiró, y no de una buena manera.

En lugar de un *hi-top fade* parejo, de alguna manera Henry Jr. había cortado la parte superior del pelo de su modelo en forma de *U*. Parecía como si alguien hubiera mordido la parte de arriba de su cabeza como si fuera una hamburguesa.

La señora Holiday se acercó a su marido vacilante. Empezaron a susurrar de nuevo, y me di cuenta de que estaban en shock.

—Bueno —dijo—. Creemos que el claro ganador de esta ronda es J.D.

Todo el público me dio cincos. Hasta Henry Sr. levantó su tarjeta con una puntuación de cinco antes que su nuera le quitara la tarjeta de las manos.

—¡Y el ganador de toda la batalla el señor James Jones!

Había ganado. ¡Era el Mejor Barbero de Meridian! Henry Jr. tenía que dejarme en paz. Tenía que cumplir su promesa.

Miré al público. Mi familia estaba haciendo mucho ruido con sus aplausos, y algunas personas hasta gritaban «¡Felicidades, J.D.!»

Me sentía de maravilla.

Pero entonces noté lo triste que se veía la familia de Henry Jr. ¡Su esposa estaba al borde de las lágrimas!

Eso no se sentía tan bien.

CAPÍTULO 21
Un trabajo de verdad

Después de la competencia, volví a cortar pelo en mi cuarto.

Pero ahora tenía una fila y había que pedir cita, cuando antes atendía por orden de llegada.

Empecé a cobrar cinco dólares por corte. ¿Acaso un barbero galardonado no debía ganar más de tres dólares?

Estaba acumulando una fortuna cortando pelo los sábados por la mañana, al mediodía y por la noche. ¡El único problema era que ni siquiera tenía tiempo para gastarla! En cambio, Jordan, Eddie, Xavier y un par de otros chicos del equipo disfrutaban de las riquezas. ¡Comían caramelos y jugaban videojuegos mientras yo cortaba veinte cabezas!

20 clientes x $5.00 = $100.00

Con tantos niños en mi cuarto, este se convirtió en un horno, así que movimos toda la operación afuera. Cortaba pelo en mi porche y todo el pelo extra caía en nuestro césped.

—¡J.D.! —gritó mi abuela—. ¡¿No sabes que todo ese pelo en el pasto atrae a los pájaros?!

Ella estaba enojada.

—¿Quién va a limpiarlo y quiénes son todos estos niños que entran y salen de la casa a todas horas del día?

—Abuela, hoy gané cien dólares en efectivo.

El tono de voz de la abuela cambió.

—Bueno, muchacho, ahorra tu dinero. Pero trata de encontrar una manera de cortar pelo sin perturbar esta casa —me dijo—. Y ahora puedes pagarme por todo el papel higiénico que has usado.

Aquella noche en la cama, pensé en mis $100. Si pudiera zafarme de la iglesia los domingos, o al menos salir TEMPRANO de la iglesia los domingos, podría ganar más. ¿Cuántos clientes necesitaría para ganar $200 por fin de semana?

$200 ÷ $5 = 40 clientes

Al día siguiente, Mamá nos sorprendió después de la iglesia en el estacionamiento.

—¿Adivina qué, J.D.? —Mamá dijo, sonriendo—. Saqué una A en mi último examen de administración. ¡Eso significa que puedo graduarme temprano!

Le di a mi mamá un abrazo ENORME.

—¡Wow, Mamá! ¿Eso quiere decir que ahora puedes solicitar aquel trabajo?

—Sí, creo que sí —dijo.

Los Jones estábamos haciendo cosas muy buenas.

Para celebrar, la abuela y el abuelo nos llevaron al nuevo restaurante buffet de la ciudad. ¡Estaba muy emocionado! Me encantaba la comida de mi mamá y de mi abuela, pero ¡NUNCA, NUNCA comíamos fuera! Esto era algo especial.

Mamá incluso dijo que podíamos invitar a un amigo y ella pagaría.

—¡Quiero invitar a Xavier! —dije.

—¡Y yo a Jessyka! —agregó Vanessa.

—¡Miles Morales! —gritó Justin—. ¡Mamá no dijo que el amigo tenía que ser real!

El New Meridian Buffet llevaba abierto solo unas

pocas semanas. Todavía tenía un cartel de *Gran In-auguración* afuera cubierto con banderas coloridas.

Cada vez que algo nuevo llegaba a Meridian, todo el mundo iba. Negros, blancos, ricos, pobres... era todo un evento.

Toda la familia tomó sus platos y Xavier repartió los de los niños. Cuando llegó a Jessyka, oí que le dijo algo en voz baja.

—Jess, ¿puedo preguntarte algo?

—Xavier, solo mi papá me llama Jess, pero sí puedes preguntarme —respondió Jessyka.

—¿Crees que podría practicar rutas con tu papá y contigo antes de la escuela? —preguntó.

Jessyka sonrió con satisfacción.

—Nos levantamos a las seis de la mañana para hacer tiradas en mi patio. ¿Estás seguro de que quieres venir tan temprano?

Xavier pareció asentir con todo su cuerpo, no solo con la cabeza. Me alegré de ver a mis amigos en el mismo equipo, para variar.

Llenamos nuestros platos con comida deliciosa y nos dirigimos a nuestra mesa.

El New Meridian Buffet estaba lleno, así que no era inesperado ver a Henry Jr. allí. Lo que sí nos sorprendió fue cuando se acercó a nosotros.

De repente mis macarrones con queso parecían un pescado húmedo y blando, del tipo que atrapé cuando fui a pescar con Xavier y su papá.

CAPÍTULO 22
Hagamos un trato

—Ah, hola, Henry Jr. —dijo mi mamá—. Me da gusto verle otra vez. Estamos aquí celebrando que ya casi termino mis estudios.

—¿Más escuela, señora Jones? Ya veo de dónde saca la inteligencia su hijo. —Henry Jr. me saludó inclinando levemente su cabeza y se agachó junto a mi silla.

—Eh, James —dijo—. Tengo una propuesta para ti. El negocio ha bajado y no puedo perder mi barbería. ¡Ha sido parte de esta ciudad por mucho tiempo!

Miré a Henry Jr. atentamente.

—Estoy pidiendo aquí, delante de toda tu familia, el permiso de tu mamá y tus abuelos. Sé que tienes práctica de fútbol americano infantil en el otoño durante la semana y que asistes a la iglesia los domingos. Pero ¿por qué no consideras venir a trabajar para mí los sábados?

Él había tratado de cerrar mi negocio con el inspector de sanidad. Había intentado quitarme algo que significa mucho para mí.

Aun así, no pude evitar sentir lástima por Henry Jr. Entre mis abuelos, la iglesia, el estudio bíblico semanal y mi mamá, sabía que siempre tenía que TRATAR de ser amable, aunque alguien me haya tratado mal primero.

—Bueno, ya veremos, señor Hart —le dije.

Decidí que lo consultaría con la almohada. Pero antes iba a disfrutar la noche con mi familia y a celebrar a mi mamá. No podía esperar verla caminar por el escenario y graduarse de nuevo.

El lunes, que era mi única noche libre de ensayo del coro, de fútbol infantil y de estudio bíblico, fue cuando visité Hart and Son.

Henry no cerraba la barbería hasta las ocho de la noche. Me senté en su banco de espera y observé, observé y observé. Nadie entró después de que

Henry Jr. atendió a su último cliente, así que decidió cerrar temprano, a las seis en punto. Supongo que el negocio estaba realmente lento. Henry Jr. miró en su frasco de propinas para hacer inventario.

Un frasco de propinas. ¿Por qué no se me había ocurrido?

—Gracias por venir, J.D. —dijo Henry Jr.

Se sentó en su silla de barbero y parecía un tomate aplastado.

—Bueno, mira, no puedo dejar que el legado de mi padre cierre mientras esté bajo mi cuidado —me dijo—. Quiero proponerte algo que nos permita ganar a los dos.

Tenía mis propias ideas de cómo ambos podíamos «ganar», pero dejé que Henry Jr. hablara primero.

—¿Cuánto cobras por cada corte de pelo en tu casa, J.D.? —me preguntó Henry Jr.

—Tres dólares antes de ganar la batalla. Desde entonces, cinco dólares —respondí.

Henry Jr. sonrió satisfecho. Creo que le impresionó mi sentido empresarial.

—J.D., obviamente tienes talento y entiendes lo que quieren los niños —dijo—. Tengo que reconocer que yo no. Y ahora todo el mundo lo sabe. Pero lo que sí conozco bien es cómo administrar un negocio. Puedo ofrecerte una silla en mi barbería los fines de semana. Los cortes de pelo para niños cuestan siete cincuenta por cabeza y puedes pagarme veinticinco dólares a la semana por el alquiler de tu silla. Si ganas suficiente experiencia para cortar bien el pelo de los adultos, entonces puedes cobrar más. Y hasta

puedes quedarte con toda la propina que recibas.

Busqué una hoja de papel y un marcador.

Yo era bastante bueno en matemáticas.

En casa

20 cabezas por día x $5 = $100

$100 x 4 sábados = $400

Hart and Son

20 cabezas por día x $7.50 = $150

$150 x 4 sábados = $600

Cuota mensual de alquiler de silla

$25 por semana x 4 semanas por mes = $100

$600-$100 = $500

Ganaría cien dólares adicionales al mes trabajando en Hart and Son.

Además no tendría que preocuparme de las quejas de mi abuela por los niños que entraban y salían de la casa y que usaban sus sábanas como capas ni por los pájaros que se comían el pelo que caía en el césped.

Finalmente Henry Jr. estaba hablando mi idioma. ¿Podría yo convencer a mi familia de que me dejaran hacerlo?

CAPÍTULO 23
¿A trabajar?

La noche siguiente durante la cena, después del ensayo del coro, le conté a mi familia los detalles de la oferta de trabajo de Henry Jr.

Mi mamá tenía una mirada inexpresiva, y su tenedor lleno de verduras se detuvo en el aire cerca de su boca.

—J.D., no sé... ¿podemos hablar de esto más tarde? Me parece un poco exagerado —me dijo.

Miré a mi abuela con la esperanza de que me apoyaría. Mamá tomaba muchos de sus modelos de crianza de la abuela y el abuelo.

—Verónica, no sé si es buena idea que J.D. se meta en cosas de adultos —contestó Abuela.

¡No era la respuesta que esperaba!

—Sí, J.D., ¿quién te va a llevar y a recoger de la barbería de los Henry? —agregó Vanessa.

—Tengo mi bicicleta, Vanessa.

¿Por qué tenía que entrometerse?

Mi última oportunidad de apoyo era Abuelo. Si él decía que no, serían tres contra uno y definitivamente no podría hacerlo.

Al otro día por la tarde, en lugar de ir a casa de Jordan, me fui a mi casa para tratar de hablar con mi abuelo antes que comenzara sus reuniones sobre seguros de entierros a las tres en punto.

Me acerqué sigilosamente a su sillón y lo abracé por detrás como siempre hacía cuando estaba solo viendo la telenovela *The Young and the Restless*.

—Ese Victor Newman sigue siendo un pico de oro —lo escuché decir.

—Abuelo, de verdad quiero cortar pelo en la barbería de Henry Jr. ¡Soy bueno haciéndolo! De esta manera ni siquiera necesitaría mesada —defendí mi caso sin tomar aire.

En esencia, el abuelo era un hombre de negocios. Había sido jefe en JCPenney y ahora era su propio jefe.

—Seré como tú —dije—. ¡Un hombre trabajador!

Apareció una sonrisa de oreja a oreja en el rostro del abuelo. No hizo ruido durante mucho tiempo.

—Está bien —dijo por fin—. Animaré a tu mamá para que te deje intentarlo, pero no olvides de dónde vienes. ¡No me avergüences ni a mí ni a tu familia cuando estés allí!

Así me convertí en el primer empleado de Hart and Son que no era familia.

La noche antes de mi primer día en Hart and Son empaqué todo lo que necesitaba: mi consola de videojuegos, mi frasco de caramelos y un set de fotografías de los cortes de pelo de moda para ponerlas en la pared de la barbería. No sabía exactamente quién vendría por un corte o cómo sería trabajar junto a Henry Jr., pero estaba a punto de averiguarlo.

CAPÍTULO 24
Mi nueva competidora

Lo único que no me gustó de mi primer día en Hart and Son fue que parecía trabajo. Había adultos cerca, así que los niños teníamos que ser respetuosos y no perder mucho tiempo. No podía tomarme descansos para jugar con mis videojuegos. ¡Y ni hablemos de ver caricaturas en la televisión!

Los pies me dolían mucho más que después de una práctica de fútbol americano.

No podía esperar para dormir.

Pero todo el dinero que gané me puso de buen humor. Les corté el pelo a diez niños, por siete cincuenta cada uno, y recibí once dólares en propinas.

10 niños x $7.50 = $75.00

$75.00 + $11.00 en propinas = $86.00

Era bueno en lo que hacía, y mis cortes de pelo estaban haciendo que los niños del vecindario se sintieran bien consigo mismos. ¿Qué podría ser mejor? Hubo un chico que vino porque su mamá le había hecho un mal corte de pelo, como me pasó a mí, y estaba muy contento cuando se fue.

Mientras me acercaba al porche trasero de la casa, parecía que las luces de mi cuarto estaban encendidas. Nadie en Meridian cerraba las puertas con llave. ¡Todos éramos lo suficientemente educados como para nunca entrar en la casa de alguien sin preguntar!

¿Me estaban robando?

Caminé de puntillas hasta mi puerta y escuché las risitas de un montón de niñas.

Giré la perilla y vi lo que menos me esperaba: ¡Vanessa y un grupo de sus amigas se habían apoderado de mi cuarto!

Había rulos calientes, horquillas, gel, cepillos y una vieja y enorme secadora de pelo con su casco. Vi hasta un esmalte de uñas, algo que Mamá nunca dejaría que Vanessa usara.

¿De dónde lo sacó?

Jessyka estaba sentada en MI silla, la que yo había

estado usando para cortar pelo, y Vanessa le había retorcido el pelo y parecía una guerrera adulta.

—¡Oye, J.D.! —dijo Jessyka—. ¿Adivina qué? Mi mamá dijo que puedes cortarme el flequillo. ¿Aceptas el reto? —preguntó.

Una amplia sonrisa se extendió de oreja a oreja en el rostro de Vanessa mientras se volteaba hacia mí.

—Bueno, J.D., como estás trabajando los sábados, se me ocurrió hacer lo mío aquí. Las prácticas de atletismo se terminaron hasta la primavera. Sabes que soy buena arreglando pelo. Además Mamá dijo que estaba bien.

¿MI cuarto, MI equipo y MI silla?

¿Por qué tenía que copiarme?... ¡¿No había sido yo el primero en tener la idea de arreglar pelo?!

—Por cierto, ¿por qué decidiste irte a trabajar a la barbería de los Henry? —preguntó Vanessa—. Podrías trabajar conmigo y así mantener TODO nuestro dinero en la familia.

¿Trabajar con mi hermana? No me parecía la mejor idea.

Nosotros éramos muy diferentes.

El último proyecto en el que trabajamos juntos fue la venta de pasteles para la escuela bíblica, y discutimos sobre qué hornear, si galletas o cupcakes. Terminamos poniendo las dos cosas en el horno al mismo tiempo y todo se quemó. Mamá se molestó muchísimo y tuvo que llevarnos al supermercado para comprar postres ya preparados.

¿Y ahora Vanessa quería que arregláramos pelo juntos? ¡Ella metería a todas las chicas de la ciudad en mi cuarto!

Había pasado de ser un objeto de burlas a ser el mejor barbero de niños de este lado del río Mississippi. Henry Jr. había intentado cerrar mi negocio —y hasta mi máquina recortadora dejó de funcionar durante la competencia— ¡y eso tampoco me detuvo! ¿Y ahora también necesitaba ayudarla a ELLA con su sueño?

Pero algo que sabía sobre Vanessa era que cuando se le metía una idea en la cabeza, no la soltaba.

¡Sabía que esto no había terminado!

Reconocimientos

Gracias a Michael, por hacer que mi primer concepto cobrara vida; Akeem S. Roberts, por hacer un trabajo extraordinario con el arte; Joanna Cárdenas y el equipo de Kokila; por último, pero no menos importante, a Christina Morgan, por hacerme profundizar para crear un libro maravilloso. ¡Gracias!